Joachim Thomas

„MITTELSTADT"

Von Menschen und anderen Merkwürdigkeiten

Herstellung und Verlag:
BoD - Books on Demand, Norderstedt
ISBN 978-3-7448-7486-1

Dieses Buch widme ich:

meiner lieben Ehefrau Dagmar sowie meiner Hauskatze Lara, die mich so tatkräftig bei der Geschichtensammlung unterstützt haben sowie allen Freunden und Nachbarn, die sich gewollt oder ungewollt in diesem Buch wiederfinden.

Inhaltsverzeichnis

Vorwort:

Herzlich Willkommen, sehr geneigte Leserin, sehr geneigter Leser.

Erlauben sie mir, dass ich sie bei den nachfolgenden Geschichten und Episoden begleite und mich hin und wieder mit ein paar Erläuterungen in die Geschehnisse, die in diesem Buch beschrieben werden, einmische. Sie wollen wissen, wer ich bin? Nun ja – vergessen sie diese Frage. Lassen sie mich einfach im Hintergrund bleiben und ein bisschen die Fäden spinnen, an denen unsere Akteure hängen. Ich bin der Spieler und sie, meine Damen und Herren, das Publikum. So sind die Rollen gerecht verteilt und sie können es sich bequem machen und schmunzelnd, vielleicht auch ein bisschen nachdenklich, das Leben und Treiben in Mittelstadt verfolgen. Denn in diesem Buch geht es um nicht mehr und nicht weniger als das normale mitmenschliche Leben in einer Kleinstadt, wo jeder jeden kennt und schätzt – oder auch nicht.

Wie gesagt, wir befinden uns in Mittelstadt. Einem kleinen Städtchen irgendwo in der Provinz. Nicht allzu weit entfernt von der Landeshauptstadt. Aber weit genug entfernt, um ein halbwegs eigenständiges Leben pflegen zu können. Vor ein paar Jahren war man sogar Kreisstadt. Aber als die Landesregierung die Entscheidung traf, die Kreise neu zu ordnen, musste man dieses Privileg aufgeben, ebenso wie das bis dahin eigene Autokennzeichen. Inzwischen darf man allerdings wieder mit dem ehemaligen Kennzeichen fahren. Ein Umstand, der von den stolzen Mittelstädtern reichlich in Anspruch genommen wird. Man darf sich seit der Kreisgebietsreform „Große Kreisstadt" betiteln und aus dem

Bürgermeister ist der „Oberbürgermeister" geworden- auch wenn sich an der Person nichts geändert hat.

Das war es dann aber auch schon. Denn mit dem Verlust des eigenen Landkreises und dem Abgleiten in die politische Bedeutungslosigkeit wanderten auch die Behörden ab. Das Landratsamt wurde in der neuen Kreisstadt, die nun für die Fläche zweier ehemaliger Kreise zuständig ist, entsprechend erweitert und schön herausgeputzt. Das Finanzamt schloss sich dem Standortwechsel an und baute sich ein eigenes standesgemäßes Domizil. Andere Institutionen folgten. Was in Mittelstadt verblieb war die eigene Stadtverwaltung in ihrem mittelalterlichen, nostalgisch schönem Rathaus sowie eine Außenstelle des Landratsamtes mit unbedeutenden Abteilungen in einem unpersönlichen Zweckbau am Rande des Stadtzentrums. All dies geschah sehr zum Leidwesen des örtlichen Mittelstandes und der Geschäftsleute, die sich an die schöne Zeit zurücksehnen, als Mittelstadt noch Kreisstadt war. Da war – vor allem in den Mittagspausen – die Innenstadt belebt, wenn die Behördenbediensteten ihre mittäglichen Einkäufe tätigten oder bei einem ausgedehnten Essen die hochwichtigen provinziellen politischen Entscheidungen diskutierten. Nichts mehr von alledem. Einige Gastwirte und Geschäftsleute waren gezwungen, sich der neuen Situation anzupassen und ihre Lokale oder Geschäftsbetriebe herunterzufahren oder aber ganz zu schließen. Der einst gut frequentierte und bunte Wochenmarkt, auf dem die Bauern und Händler der Region ihre Waren feilboten, findet heute nur noch zweimal in der Woche statt – in stark geschrumpftem Umfang. Und die angebotenen Waren stammen auch nicht mehr alle aus der Region. Wie gesagt, die regional-politische Bedeutung hat Mittelstadt verloren. Auch deshalb, weil die große Bundesstraße, die durch Mittelstadt führt, ihre Bedeutung verloren hat: eine neue Autobahn ist gebaut worden, der internationale Transitverkehr führt nicht mehr durch Mittelstadt. Was die Bewohner dieser Stadt hingegen nicht verloren haben, ist ihr Stolz und das Traditionsbewusstsein. Schließlich kann man ja auf eine fast achthundertjährige Geschichte zurückblicken. Eine große Feier zum Stadtjubiläum steht an. Und man besitzt ja auch noch das die Stadtkulisse dominierende Schloss, das ein bisschen den Glanz vergangener Tage erahnen lässt.

Ach ja, das Schloss. Seit vielen Jahren nicht mehr im Besitz der ehemaligen Adelsfamilie. Diese hatte es schon im vorvorigem Jahrhundert dem Land überlassen müssen, das es seitdem für eher profane statt prunkvolle Anlässe nutzte. Es diente als königliches Amtsgericht. Später, als es keinen König mehr gab, war es nur noch Amtsgericht. Eine Zeit lang führte es – sprachlich angepasst – den Titel Kreisgericht, ehe es wieder der alten Bestimmung entsprechend ein provinzielles Amtsgericht wurde. Und das ist es heute noch – auch nach dem Verlust der Kreisstadt-Würde. Die Landesregierung hat keine andere Verwendung für das Schloss.

Vor dem Schloss befindet sich die ebenso alte Marktkirche. Der Pfarrer ist stolz darauf, dass sein Kirchturm höher ist als der Schlossturm – auch wenn sich in seine Kirche eher weniger Menschen verirren als im gegenüberliegenden Amtsgebäude. Doch das ist dem Umstand der Bestimmung der Gebäude geschuldet. Die Kirche besucht man, wenn einem danach ist; das Amtsgericht gewöhnlich, wenn anderen danach ist.

Und sonst? Was hat Mittelstadt mit seiner provinziell-beschaulichen Atmosphäre noch zu bieten? Ein Museum, das die Handwerkskunst vergangener Zeiten präsentiert und Künstler, die die beschauliche Landschaft um Mittelstadt auf der Leinwand festgehalten haben. Ein paar Industriebetriebe gibt es, die schon bessere Zeiten erlebt haben.

Kleine Geschäfte, die ums Überleben kämpfen. Zwei Grundschulen, eine Realschule und ein Gymnasium. Und einen Bahnhof, in den sich tatsächlich noch ab und zu mal ein Zug verirrt. Mit Ausflüglern, die nicht wissen, warum es sie in diese Gegend verschlägt.

Die Technische Universität der Landeshauptstadt unterhält eine Außenstelle in Mittelstadt und regelmäßig finden beachtenswerte Konzerte im Kulturzentrum statt, in dem sich auch eine Musikschule befindet. Und ein modernes Einkaufszentrum gibt es – oder besser gesagt, es sollte es geben. Derzeit nämlich stehen die Läden nahezu leer aufgrund von unübersehbaren Baumängeln, über die in den vergangenen Jahren heftig prozessiert wurde. Auch wenn der Streit vor den Gerichten inzwischen ein Ende gefunden hat, ist noch nicht abzusehen, wann tatsächlich pulsierendes Leben herrschen wird in diesem Einkaufssilo.

Und es gibt die Menschen von Mittelstadt. Durchaus ein bisschen besonders, durchaus ein bisschen geprägt von der rauen Landschaft. Immer aber bodenständig und liebenswürdig – fast immer. Und diese Menschen, liebe Leserinnen und Leser, möchte ich ihnen im Folgenden näher bringen: die Menschen auf der Straße, in den Geschäften, die Menschen in ihrer Nachbarschaft und in den Amtsstuben. Ja, auch dort, im Rathaus, auf der Polizeiwache, im Gericht herrscht ein eigenes Leben, Gesetze hin oder her.

Die Landeshauptstadt ist weit weg, der Bürger aber steht vor der Tür. „Auf ihn alleine kommt es an", versucht der Oberbürgermeister seinen Mitarbeitern klar zu machen, nicht ohne etwas eigennützig auf die nächste Wahl zu schielen. Es sind eben alles „Mittelstädter", ein wenig anders, ein wenig „eigener" als Großstädter- eben Mittelstädter. Und ein wenig doch so, wie sie und ich.

Mittelstadt, ein seltsames, aber wahrscheinlich gar nicht so seltenes Biotop, erbittet ihre Aufmerksamkeit. Natürlich ist die

Stadt allein der dichterischen Phantasie des Verfassers entsprungen wie auch alle Charaktere der folgenden Episoden. Übereinstimmungen mit tatsächlich existierenden Menschen wären rein zufällig und keineswegs beabsichtigt. Das ist die Wahrheit – fast jedenfalls.

Vorhang auf !

Der Kultur- und Geschichtsverein

Kalt ist es. Und es regnet. Kein halbwegs normaler Mensch würde seinen Hund bei diesem Wetter vor die Tür scheuchen. Aber es geht ja auch nicht um den Hund. Sylvio Paul, der Oberbürgermeister von Mittelstadt bereitet sich vor, selbst und in eigener Person das Haus, sein Rathaus, zu verlassen. Lustlos zieht er sich den dicken Parka an, setzt seine gefütterte Wollmütze auf und verlässt das Rathaus. Er muss sich seinen Bürgern zeigen – so hat das jedenfalls seine Sekretärin befohlen. Eine übrigens sehr dominante und rigorose Vorzimmerdame. Da hat man nichts zu lachen, auch nicht als Oberbürgermeister.

Sylvio Paul öffnet die schwere Rathaustür, tritt auf die oberste Stufe der Rathaustreppe und schaut auf den vor ihm liegenden Marktplatz. Es ist Vorweihnachtszeit. Doch Weihnachtsstimmung will bei ihm nicht aufkommen, wenn er den armselig gestalteten Weihnachtsmarkt betrachtet. Früher, ja früher – da standen hier Bude an Bude, da roch es nach Glühwein und Zimtsternen. Aus dem gesamten Gebirge waren die Holzschnitzer angereist und hatten ihre Räuchermännchen und Pyramiden angeboten. Und es tummelten sich die in Weihnachtsstimmung befindlichen Bürger der Stadt vor den festlich geschmückten Verkaufsständen. „Rumms" – die schwere Rathaustür fällt zu und hätte den armen Oberbürgermeister fast die Treppe herabgestoßen. Heute – was er sieht sind ein paar wenige Buden, die städtische Weihnachtspyramide, den großen Adventskalender für die Kinder, den nahezu schmucklosen Weihnachtsbaum und einen Würstchenstand. Aber wenigstens dort stehen einige Bürger dieser Stadt. Und so beschließt der leicht frustrierte OB, an diesem Stand seine Mittagsmahlzeit einzunehmen.

Ein höhnisches „Holla, wen sehn wir denn da", tönt ihm entgegen, als er die vor dem Würstchenstand aufgestellten Stehtische erreicht. Das glühweinselige Lachen der dort versammelten Gewerbetreibenden und auch Ratsmitglieder Mittelstadts begrüßt ihn: Bernd Meltzer, Inhaber des ortsansässigen Spielwarengeschäfts, Joachim Flöter, selbst Gastronom und gewöhnlich mit seinem Papagei auf den Schultern in Mittelstadt unterwegs – heute ohne diesen Vogel, des Wetters wegen. Oder Hans Billig, Ratsmitglied und Inhaber einer Reinigungsfirma, der mit dem Motto „Wir hassen Schmutz" für sich wirbt. Die Aufzählung der Anwesenden, die mit dem Glühweinbecher in der Hand auf

16

den Oberbürgermeister anstoßen, ließe sich fortsetzen. Aber auch so reicht es Sylvio Paul schon jetzt und er bedauert, den Schutzbereich seines Rathauses verlassen zu haben. Bruno Bader, Inhaber eines Elektrogeschäfts mit angeschlossener Postfiliale überreicht dem verdutzten Oberbürgermeister einen Pappbecher mit dampfendem Glühwein mit Schuss: „Auf unser Stadtoberhaupt", prostet er den anwesenden Honoratioren zu, „ der sich auf dem harten Boden seines Rathausstuhles die Hose abwetzt für unser aller Wohl." Gelächter allenthalben. „Aber im Ernst, Sylvio", Bruno Bader beugt sich dem Oberbürgermeister zu. Sein Gesichtsausdruck nimmt besorgte Züge an. „Im übernächsten Jahr feiern wir 800 Jahre Mittelstadt. Angekündigt habt ihr das schon seit langem im Ortsblättchen. Ein tolles Jahr soll es werden mit vielen bunten Überraschungen. Aber von konkreten Planungen habe ich überhaupt noch nichts gehört. Ihr im Rathaus macht alle Bürger heiß- aber worauf eigentlich? Lass doch mal die Sau raus und erzähle uns, was ihr so auf der Matte habt".

Sylvio Paul nimmt einen Schluck aus seinem Becher und wendet sich dann – sichtlich nervös – seinem Gegenüber zu : „Ihr kennt die Situation im Rathaus selber gut genug – kein Personal, kein Geld, keine Ideen. Was soll ich machen? Es fehlt an allen Ecken. Wenn kein Wunder geschieht, können wir einpacken mit unserer Jubiläumsfeier. Und auf Fördermittel, die ihr vom Stadtrat immer einsacken wollt, können wir nicht bauen. Die Stadt kann nichts leisten- Punkt, fertig. Es liegt an euch, an ehrenamtlichem Engagement, an Spenden, an Freiwilligen, ob überhaupt etwas geschieht. Das Stadtsäckel gibt für das Jubiläum nichts her." Das ist deutlich und wird von den Umstehenden so auch wahrgenommen. „Ja, Bürgermeister, pardon: Oberbürgermeister", Leo Friedrich, ehemaliger Bezirksschornsteinfegermeister und nunmehriger Rentner schwingt wütend sein Pappschälchen mit Bratwurst, „warum verschweigst du uns das? Da muss doch etwas geschehen. Ich bin 1989 mit der Fahne in der Hand auf den Schlossturm gestiegen, um die Freiheit zu verkünden. Und jetzt, wo es darum geht, die Stadt gebührend zu feiern, kneift ihr. Wir haben dich nicht gewählt, damit du dich auf der faulen Haut im Rathaus sonnen kannst. Lass dir mal was einfallen, für uns, für die Bürger von Mittelstadt."

Sylvio Paul fühlt sich ausgesprochen beklommen und unwohl. Eigentlich hat Leo Friedrich ja Recht. Aber woher soll er das Geld für eine angemessene Jubiläumsfeier nehmen bei der angespannten finanziellen Situation? Dass die Stadt fast pleite ist, wagt er gar nicht zu sagen. Woher die Leute nehmen, die ein derartiges Event ausrichten könnten? „Ihr könnt euch ja selbst einbringen", sagt er schließlich in seiner Beklommenheit, „mit eigenen Ideen, mit Spenden und hochgekrempelten Ärmeln". „Warum eigentlich nicht? Wenn die Stadt schon nichts für die Bürger tun kann, dann eben die Bürger für die Stadt." Zustimmendes Gemurmel begleitet die Worte von Reinhard Maassen. Er, der Rektor des städtischen Gymnasiums (und ehemals Vorgesetzter des OB, als dieser noch als Lehrer am Gymnasium unterrichtete), hat sich bisher zurückgehalten. „Warum gründen wir eigentlich keinen Verein. Natürlich einen gemeinnützigen. Der könnte, fernab vom hierarchischen Behördentrott Spenden einsammeln, die Jubiläumsveranstaltungen planen und organisieren , einen Festumzug zusammenstellen, Ideen entwickeln – alles Dinge, für die deine Behördenschnarchnasen, lieber Sylvio, ohnehin überfordert wären ?"

Letzteres weist der Oberbürgermeister energisch zurück. Allein die Idee eines Vereins zur Förderung der Kultur und des Geschichtsbewusstseins in Mittelstadt scheint ihm zu gefallen. Vielleicht ist der Besuch auf dem Weihnachtsmarkt doch nicht so nutzlos. „Mein lieber Reinhard", der Frust bei Sylvio Paul scheint wie weggeblasen, als er in staatsmännischer Manier weiterfährt, „deinen Vorschlag nehme ich sehr wohlwollend zur Kenntnis."

Und dann läuft der Oberbürgermeister zur Hochform auf: „Nun denn, liebe Mitbürger, wir gründen einen Verein. Was wir brauchen ist ein wohlklingender Name, ein attraktiver Vereinszweck, eine fundierte Satzung und einen Vorstand, der tatkräftig und ehrenamtlich- das heißt, der Stadt dürfen keine Kosten entstehen – die Ausgestaltung der 800-Jahr-Feier anpackt."

Ein Hoch auf den Oberbürgermeister. Der Vereinsname ist schnell gefunden: „Kultur- und Geschichtsverein Mittelstadt". Die Satzung- naja ? Die kann vielleicht die ortsansässige Notarin Sybille Wache entwerfen. Sie profitiert ohnehin von der Stadt. Vielleicht mit Hilfe von Frau Dr. Sibon- die ist beim Oberlandesgericht und hat Ahnung in solchen Dingen. „Und der Amtsgerichtsdirektor, mit dem du ja einen so tollen Draht hast", wendet sich Joachim Flöter an den OB, „kann ja auch mal auf die Satzung schauen." Aber wer soll den Verein leiten? Wer ist dafür geeignet? Ratlos schauen sich die Mitglieder der verschwörerischen Gemeinschaft an. Senken ihren Blick. Hoffentlich trifft es nicht mich.

Die Erlösung kommt von Sylvio Paul: „Sören kann das machen!" Die allseitige Erleichterung ist deutlich spürbar.

Sören Seier, bundesweit agierender Vortragsreisender, scheint für eine solche Aufgabe mehr als geeignet: er kann alles, er weiß alles und ist mehr als eloquent. „Prima", sagt Sylvio Paul, „Sören Seier ist hervorragend geeignet. Als Vielredner wie unser Bundesinnenminister gibt er auf jedem Parkett eine gute Figur ab. Ich rede mit ihm." Die Pappbecher werden noch einmal mit Glühwein aufgefüllt nach dieser wunderbaren und auch einstimmigen Entscheidung in kompetenter Runde. „Ich veranlasse alles".

Sylvio Paul verabschiedet sich und wankt sichtlich gelöst zurück ins Rathaus, schwebt erhobenen Hauptes durch sein Vorzimmer und lässt sich kurze Zeit später erleichtert in seinen Oberbürgermeistersessel fallen. Dorothea Fessel, seine Sekretärin, die ein wenig irritiert den vorbeischwebenden Oberbürgermeister angestarrt hat, folgt ihm und schaut ihn fragend an. „Liebe Dorothea, es war eine glänzende Idee von dir, mich zu meinen Mitbürgern zu schicken. Die frische Luft auf dem Marktplatz, der wohlwollende Empfang meiner Wähler, die herrliche Kulisse unserer wunderschönen Altstadt haben mich spontan inspiriert zu einer außerordentlich glänzenden Idee. Wir werden ein Stadtfest erleben im übernächsten Jahr, wie du es dir großartiger nicht vorstellen kannst: 800 Jahre Mittelstadt. Geplant, organisiert und durchgeführt vom hiesigen „Kultur- und Geschichtsverein", dessen Entstehung ich soeben beschlossen habe".

Der Oberbürgermeister verschränkt seine Arme hinter dem Kopf, lacht verschmitzt seine Sekretärin an , die mit großaufgerissenen Augen auf ihren Chef schaut und offensichtlich noch nicht so richtig verstanden hat, was er ihr soeben offenbart hat, und beendet dann seine Ausführungen mit folgender Anweisung: „Ach ja, Dorothea, du kannst dann schon einmal eine Satzung für den soeben gegründeten Verein entwerfen und eine Telefonverbindung zu meinem geschätzten Freund Sören Seier herstellen".

Das Spielhaus im Garten

Fritz Milz ist ein Tausendsassa. Jedenfalls für den „Mittelstädter Boten", die regionale Zeitung. Er ist Chefredakteur, Gerichtsreporter und Fotojournalist in einer Person. Immer zur Stelle, wenn es irgendetwas Aufregendes zu berichten gibt und Ansprechpartner für alle, die sich über dieses oder jenes beschweren wollen. Meistens findet er auch etwas, das die Bürger anspricht und geeignet ist, seine Zeitungsseiten zu füllen.

Aber heute, an diesem nicht sehr spannenden Tag, ist sein Redaktionstisch leer: kein Unfall, kein Einbruch, keine Beschwerden unmutiger Bürger. Von Mord und Totschlag ganz zu schweigen. Es ist zum Verzweifeln. Der Bericht über die Kaninchenzüchter der Region ist längst gedruckt und kann die Spalten nicht mehr füllen. Prominente Bürger oder Politiker der Region ? Alles schon bis in die Verästelungen der Familiengeschichte ausgewalzt. Beschlüsse des Stadtrats ? Wer will das schon lesen? Was bleibt in solch tristen Momenten? Das Gericht. Fritz Milz schnappt sich die Sitzungslisten dieser Woche. Dankenswerterweise werden diese regelmäßig an die Zeitung gefaxt, so dass sich schnell ersehen lässt, was so anliegt im Gericht und die Leser interessieren könnte. Heute Donnerstag : keine Strafverhandlungen, da Herr Richter Schnam im Urlaub ist. Zivilverhandlungen beim Direktor. Nun gut, wenn`s denn sein soll.

Fritz Milz betritt das Schloss, in dem das Amtsgericht seinen Sitz hat. Seit einiger Zeit finden Eingangskontrollen statt, weil es beim Landgericht in der Hauptstadt kürzlich zu unerquicklichen Vorkommnissen in den Verhandlungen gekommen ist. Man muss mit allem rechnen. Aber Fritz Milz ist bekannt, natürlich auch hier im Gericht. Er wird ohne Kontrolle durchgelassen und steuert auf den Zivilsitzungssaal 315 zu. Zu seinem Erstaunen ist er nicht der einzige Zuschauer der anstehenden Verhandlung. Eine lärmende Schulklasse drängt in den Saal voller Vorfreude darüber, ob ihnen hier das geboten wird, was sie aus dem Fernsehen her kennen: gewitzte Verteidiger, ein mit der Klingel rasselnder Richter und aufmüpfige Angeklagte. Nichts dergleichen zunächst. Allein der vorsitzende Richter erscheint und erklärt der Klasse, dass sie an einer Zivilverhandlung teilnehmen werden. Es geht um Streitigkeiten zwischen zwei Parteien, nicht um kriminelle Delikte. Ein Nachbarstreit soll verhandelt werden. Das Gericht wird einen verträglichen Modus finden müssen, um den Streit beilegen zu können. Niemand wird in den Knast wandern. Wie immer im Leben wird man bemüht sein, der Vernunft zum Siege zu verhelfen.

Das kommt bei der Schulklasse nicht besonders gut an. Eigentlich ist man auf „action" eingestellt, auf Randale im Gerichtssaal. Die Gesichter der Schülerinnen und Schüler lassen die Enttäuschung spürbar werden. Der vorsitzende Richter, der Direktor des Gerichts, Herr Samoth, nimmt dies lächelnd zur Kenntnis. Und er nimmt sich Zeit, der Klasse den Unterschied zwischen einem Straf- und einem Zivilprozess zu erklären. „In allen Verfahren allerdings", so der Richter mit ernster Miene, „kommt es darauf an, dass das Gericht den zugrundeliegenden Sachverhalt richtig und genau ermitteln kann. Dazu sind Beweise notwendig. Und in erster Linie sind die Beweismittel, die die Parteien oder das Gericht zur Verfügung haben, die Zeugen. Es ist daher außerordentlich wichtig, dass man als Zeuge nicht nur vor Gericht erscheint, wenn man die Aufforderung hierzu erhält, sondern dass man dann auch die gestellten Fragen wahrheitsgemäß beantwortet. Andernfalls macht man sich nicht nur selbst strafbar, sondern entzieht dem Gericht auch die Grundlage für eine gerechte und richtige Entscheidung". Sehr ernst schaut Herr Samoht die vor ihm sitzenden Schülerinnen und Schüler an, die ihrerseits etwas verschämt, jedoch sichtlich interessiert auf den Mann in der schwarzen Robe blicken. Und dann schweift er ganz plötzlich ab, wendet sich augenscheinlich einem völlig anderem Thema zu: „Dieser große und schöne Sitzungssaal, in dem wir uns gerade befinden, ist der Stolz und das Aushängeschild des Gerichts. Er ist vor kurzem renoviert worden und die Pracht des ehemaligen Bankettsaales dieses Schlosses ist wieder freigelegt worden. Die schöne Wandbemalung, die Stuckdecke und die verträumten Erker. Es fanden hier auch früher schon Gerichtsverhandlungen statt, aber nicht in diesem prachtvollen Ambiente. Was allerdings vollständig erneuert werden musste, war der Fußboden. Ehemals bestand dieser aus Holzbohlen, die auf Eichenbalken lagen. Nun hat man einen Betonboden eingebaut. Und warum musste dies erfolgen? Wer von euch hat eine Erklärung hierfür?" Schweigen im Saal. Der Richter schaut die Schüler einzeln an. „Nun, keine Erklärung? Keine Vorstellung? Dann gebe ich selbst die Antwort auf meine Frage. Die Balken waren schlichtweg durchgebogen. Bei den Gerichtsverhandlungen in diesem Saal ist so viel gelogen worden, dass sich die Balken gebogen haben. Deshalb der Hinweis vorhin an euch, bei Gericht nur die Wahrheit zu sagen."

Der Direktor lehnt sich in seinen Stuhl zurück. Ihm ist nicht anzusehen, wieviel Wahrheit in seiner eigenen Erklärung steckt, aber den Schülerinnen und Schülern bleibt der Mund offen stehen. Allein Fritz Milz lacht in sich herein: der balkenbiegende Zeuge. Was für eine schöne und anschauliche Geschichte. Und nun noch bitte eine hierzu passende Verhandlung.

Damit kann der vorsitzende Richter tatsächlich aufwarten. Die Parteien des folgenden Rechtsstreits werden in den Sitzungssaal gerufen. Das klägerische Ehepaar – Rentner alle beide – besitzt nicht weit vom Gericht entfernt ein kleines Häuschen mit Garten. Wenn man aus dem Erkerfenster hinausblicken würde, könnte man es unterhalb des Schlosses liegen sehen. Nebenan ebenfalls ein kleines Häuschen, auch mit Garten. Die ursprünglichen Eigentümer dieser Idylle, langjährige und friedliche Nachbarn der Kläger, hatten sich erdreistet, ihr Eigenheim aus Altersgründen zu verkaufen. Und zwar an eine junge Familie mit ebenso jungen wie energiegeladenen Kindern. Und die rührigen Eltern haben sehr bald etwas Gutes getan für ihren Nachwuchs- nämlich ein wuchtiges Spielhaus errichtet. Auf Stelzen. Darin können die jungen Rangen mit ihren Freunden nicht nur nach Herzenslust toben, sondern sie genießen außerdem einen wunderbaren Rundumblick auf die Nachbarschaft. Eingeschlossen der Blick auf das Schlafzimmerfenster der Kläger. „Der Schwarzbau muss weg," so die Argumentation des klägerischen Anwalts, „durch den ungehinderten Blick vom Spielhaus und das Toben der Kinder auf eben diesem Konstrukt wird die Privat- und insbesondere die Intimsphäre meiner Mandanten zutiefst verletzt." „Welche Intimsphäre?" entrüstet sich der gegnerische Anwalt: „Der Blick in ein Museum darf doch auch nicht verwehrt werden. Oder anders ausgedrückt: wo kein Theater spielt, kann es auch keine unerlaubten Zuschauer geben. Sollen die Kläger doch das Rollo runterlassen. Die freie Entfaltung der kindlichen Ausgelassenheit muss in jedem Fall Vorrang haben vor eingebildeten Phantasievorstellungen der betagten Kläger". „Diese bodenlose Frechheit müssen wir uns nicht bieten lassen!" Der Kläger versucht mühsam, aus seinem Sitz aufzusteigen und schwingt drohend seine Gehhilfe in Richtung der Gegenseite. Zur Freude der Schulklasse. Denn jetzt kommt doch noch so etwas wie „action" in den

Sitzungssaal. Auch der junge Familienvater springt auf und zeigt in Richtung des Klägers: „Da, sehen sie selbst, Herr Richter, gemeingefährlich ist der auch noch!" Beide Anwälte zerren an ihren Mandanten, so dass sie wieder auf ihren Stühlen Platz nehmen, nicht aber ohne Drohgebärden in Richtung des Gegenüber. Fritz Milz ist begeistert. Das wird einen schönen Artikel geben. Und auch die Schülerinnen und Schüler haben ihren Spaß an der Verhandlung. Herr Samoht mahnt zur Ruhe und Gelassenheit: „Ich habe hier Fotos von dem Stein des Anstoßes. Kommen sie doch mal nach vorne, damit wir uns einen Überblick von der Örtlichkeit verschaffen können. Und wenn das nichts hilft, bitte, dann gehen wir eben geschlossen zu ihren Grundstücken. Die Nachbarschaft wird's freuen." Die Anwälte kommen mit ihren Mandanten nach vorn zum Richtertisch, wobei letztere sich auf diesem kurzen Weg noch gegenseitig angiften. „Es reicht", der Richter wird nun seinerseits ungehalten, „sie sind doch erwachsene Menschen. Dann benehmen sie sich auch als solche. Was soll die Schulklasse von ihnen denken? Und wenn meine Worte sie nicht beeindrucken können, dann kann ich auch Taten folgen lassen. Es gibt ja noch das Mittel des Ordnungsgeldes."

Diese Drohung wirkt. Kläger und Beklagter stehen mit gesenktem Kopf vor dem Richter. Allerdings entwickelt sich nunmehr ein sehr hitziges Streitgespräch zwischen den Prozessbevollmächtigten der Parteien, wobei auch Sätze wie „Schauen sie doch erst einmal ins BGB, bevor sie den Mund aufmachen" und „Sie sind doch der Rechtsverdreher" zu vernehmen sind. Einmal mehr zur Freude des Publikums und des eifrig mitschreibenden Journalisten, weniger zu der des Richters, der sich vorn über den Richtertisch beugt: „Was ich soeben zu den Parteien gesagt habe, gilt auch für sie, sehr verehrte Herren Kollegen."

Nach diesem eher untypischen Einstieg ins Prozessgeschehen kommt dann aber doch so etwas wie eine sachliche Verhandlung zustande. Äußerst zäh zwar, aber man spürt das Bemühen der Parteien nach einer einvernehmlichen Lösung, zumal der Richter ihnen deutlich klar gemacht hat, dass sie ja Nachbarn seien und sich täglich sehen würden. Nicht er und auch nicht die Anwälte. Und ein Ortstermin mit versammelter Schulklasse – das wäre doch wohl mehr als peinlich. Hin und her wird diskutiert, die Persönlichkeitsrechte strapaziert, das Gesetzbuch durchgeblättert, auf den gesunden Menschenverstand verwiesen. Und – oh Wunder – letzterer behält am Schluss die Oberhand: es wir ein Vergleich geschlossen. Das Spielhaus darf stehen bleiben. Sieg für die Beklagten. Die Öffnungen und der Eingang dürfen aber nur in Richtung des eigenen Grundstückes gehen. Keine Sichtmöglichkeit mehr aufs Nachbargrundstück. Sieg für die Kläger. Und weil beide Seiten gewonnen haben, dürfen sie sich auch die Gerichtskosten teilen. Für ihren jeweiligen Anwalt aber müssen sie selbst berappen. Punkt, abgesegnet und verkündet.

Während die Parteien mit ihren Anwälten mit sicherem Seitenabstand den Verhandlungssaal verlassen, klappt der Richter mit einem leichten Seufzer der Erleichterung die Akte zu und blickt auf die Schülerinnen und Schüler. „Nun, ihr habt gesehen und gehört, dass sich im Gerichtssaal nicht nur die Balken biegen, sondern dass einem manchmal auch die Haare zu Berge stehen. Habt ihr noch Fragen zu dem Fall?" Alles schweigt und schüttelt den Kopf. Nach einer Pause erhebt sich dann aber doch ein Arm. „Ja bitte, welche Frage hast du?" Die Schülerin, die sich gemeldet hat, zögert ein wenig, schaut dann den Richter aber doch bestimmend an: „Herr Richter, haben sie es hier bei Gericht eigentlich immer mit solchen Vollpfosten zu tun?" Die Schulklasse brüllt vor Lachen. Eigentlich müsste das im ganzen Schloss zu hören sein, und auch Herr Samoht kann sich ein Schmunzeln nicht verkneifen: „Nein, meine junge Dame, nicht immer, aber eben doch ....immer öfter."

Fritz Milz verlässt zufrieden das Gerichtsgebäude und schlendert über den Marktplatz in Richtung der Zeitungsredaktion. Es hatte doch etwas Gutes, dass heute nichts passiert ist und ich die Verhandlung erleben konnte, denkt er für sich. Vollpfosten im Gerichtssaal. Wäre doch auch mal eine schöne Überschrift. Aber damit würde ich wohl das Persönlichkeitsrecht der beiden Nachbarn verletzen – und darin wären sich beide sicherlich einig.

Open air zu Weihnachten

Günter Wolfson ist Schlachter in Mittelstadt. Einer von zwei, die in Mittelstadt noch frohen Mutes ihrem Gewerbe nachgehen können. Einst war Mittelstadt mit Bäckern und Schlachtern reich gesegnet. Aber diese Zeiten sind vorbei, seit am Stadtrand das große Einkaufszentrum die Tore geöffnet hat. Naja- zur Hälfte jedenfalls. Denn wegen bestehender Baumängel sind große Teile der Räumlichkeiten gesperrt. Es wurde heftig prozessiert, bis man nach vielen Jahren zu einer Einigung fand. Geschehen ist seitdem allerdings noch nichts. Aber das gehört jetzt nicht hierher. Die Konkurrenz von Günter Wolfson hatte wegen dieser Pannen allerdings entweder Insolvenz anmelden müssen oder „bäckt" nunmehr „kleine Brötchen" im Einkaufszentrum. Günter Wolfson hingegen kann nicht klagen. Sein Geschäft läuft gut. Deshalb hat er auch das neben seiner Schlachterei gelegene Haus erworben, in dem sich ehemals ein stark frequentiertes Lokal befunden hatte. Er ließ das Haus renovieren und hat den Gastraum traditionsbewusst – Günter Wolfson ist eingefleischter Mittelstädter und selbstverständlich Stadtratsmitglied – wieder aufgehübscht. Mit vielen Fotos an der Wand vom alten Mittelstadt zum Beispiel. Sein Lokal heißt jetzt „Zum alten Stadttor"- auch wenn von diesem nur ein paar unscheinbare Reste erhalten geblieben sind. Hier serviert er vor allem deftige Hausmannskost aus der eigenen Schlachterei zu unschlagbar niedrigen Preisen. Vornehmlich in der Mittagszeit. Abends öffnet er nur bei Bedarf oder wenn sich Gesellschaften angekündigt haben.

Mittags allerdings besteht unbestritten ein starker Bedarf an seinen kulinarischen Deftigkeiten. Die Inhaber der umliegenden Geschäfte holen sich regelmäßig im „Alten Stadttor" ihr Mittagessen, wie auch die Beamten der örtlichen Polizeirevierwache oder die Rathaus- und Gerichtsbediensteten. Vor allem aber ist Wolfson's Lokalität mittäglicher Treffpunkt der örtlichen Rentnerschaft. Hier trifft man sich, hier sieht man und wird gesehen, hier tauscht man sich aus, erfährt Neues und gibt selbst echte oder vermeintliche Neuigkeiten zum Besten. Und das Essen ist – wie gesagt – reichlich und günstig. Man bekommt etwas geboten für sein Geld. Wie „Günti", so sein Spitzname, das hinkriegt, wird nicht hinterfragt. Interessiert auch nicht. Hauptsache die Menge der täglichen Essensportionen stimmt und auch der Preis. Da schaut man auch mal weg, wenn das gastronomische Personal den einen oder anderen Qualitätsstandart vermissen lässt. Man ist ja Selbstabholer. Und aufs Bierzapfen versteht man sich jedenfalls, ein „trockener" Wein wird selten bestellt. Und wenn doch, kann man ja beim Chef nachfragen, was damit gemeint ist.

Auch heute ist das Lokal zum Bersten voll. Der harte Kern der ortsansässigen Rentner hat sich – wie gewohnt – an einem Tisch in der entferntesten Ecke des Schankraumes versammelt. Das allerdings ist kein Hinderungsgrund dafür, dass ihre Gespräche auch in den entlegentsten Winkeln der Gaststätte – gewollt oder ungewollt – mitverfolgt werden können, zumal der leicht hörgeschädigte Herbert dabei ist. Herbert ist immer dabei, wenn es etwas Neues zu erfahren gibt. Die meiste Zeit des Tages verbringt er ohnehin auf einer der Bänke vor der Sparkasse, von wo aus er einen ungetrübten Blick auf den Marktplatz hat, alles sehen kann und natürlich auch selbst gesehen wird. Auch Friedrich ist zugegen. Ehemaliger Sportlehrer und nach seinem Eintritt in den

Ruhestand einige Jahre Friedensrichter von Mittelstadt. Friedrich weiß alles, was in der Stadt passiert, kennt Hinz und Kunz und natürlich auch deren Lebensgeschichte. Hans-Georg hat einmal als Pförtner im Rathaus gearbeitet. Seinem Draht zu seiner alten Arbeitsstelle und den ehemaligen Kollegen verdankt die mittägliche Runde nicht unerheblichen Gesprächsstoff. Ronald. Er war einmal beim Forst angestellt. Er kennt jeden Weg, Baum und Strauch in der Umgebung Mittelstadts wie seine Westentasche. Er ist es auch, der das Wort führt. Nicht unbedingt akustisch zurückhaltend, muss er doch Rücksicht nehmen auf Herbert.

„Habt ihr schon gehört?" Eine sehr beliebte Eingangsformulierung in dieser Runde. Er schaut sich um. Allseitiges Kopfschütteln. „Also, die Tina Wächter hat ja nun wirklich Pech gehabt. Das wird ja nun nichts werden mit ihrem Weihnachtsfirlefanz auf der Waldbühne." Tina Wächter. Kaum jemand in Mittelstadt dürfte sie nicht kennen. Im normalen Leben betreibt die zierliche, gleichwohl aber durchsetzungsstarke, agile und etwas verschrobene Powerfrau ein kleines Geschäft für Kindermoden in einer vom Marktplatz abzweigenden Seitenstraße. Im zweiten Leben ist sie Künstlerin. Und hier zeigt sie ihr wahres „Ich". Quirlig, wie sie ist, organisiert sie mittelalterliche Theaterstücke, Musikevents, Tanzdarbietungen, Feuershows und andere Veranstaltungen, zu denen sie die braven Bürger Mittelstadts begeistern will. Die Begeisterung allerdings ist nicht immer so überschäumend, wie sie sich das vorstellt. Das mag daran liegen, dass der durchschnittliche Mittelstädter sich eher als temperamentsresistente Spezies darstellt. Sie erntet daher auch gewöhnlich Kopfschütteln bei den Bürgern, wenn sie mit neuen Ideen auftrumpft, die Jugend einmal ausgenommen. Für dieses Weihnachtsfest hat sie ein eigenes Krippenspiel entworfen. Modern soll es sein. Anders als alles bisher Dagewesene, außergewöhnlich. Nicht Heilige aus dem Morgenlande machen sich auf zur Krippe, um dem Christuskind zu huldigen. Es sind Gnome, Zwerge, Berggeister, Wesen, die in der Mythologie Mittelstadts , in Sagen und Geschichten immer eine Rolle gespielt haben. In diese faszinierende Fabelwelt wollte sie die Einwohner Mittelstadts auf dem Marktplatz der Stadt inmitten des Weihnachtsmarktes versetzen mit sphärischer Musik, tanzenden Feen und wabernden Nebelschwaden. Keine orientalische Kulisse, sondern ein Ambiente, das die dunklen Wälder und die raue Natur dieses Landes wiedergeben sollte. Die Jugend, die sie zum Mitspielen bewegen wollte, war begeistert. Nicht so die Stadtoberen. „Nein, in weihnachtlicher Kulisse des festlich geschmückten Marktes, im Angesicht der Stadtkirche, sei ein derart heidnisches Spektakel undenkbar. Das gehe gar nicht."

Tina Wächter wäre nicht Tina Wächter, wenn sie nach dieser Absage ihr Vorhaben aufgegeben hätte. Es gibt ja noch die Waldbühne. Und die eignet sich ohnehin viel besser für ihr mystisches Weihnachtsspiel. Die Waldbühne liegt ein wenig außerhalb der Stadt und wie der Name schon sagt, im Wald. Die Stadt ist Träger dieses Veranstaltungsortes, eines idyllischen Freilufttheaters, das allerdings nach Auffassung nicht weniger Einwohner viel zu wenig genutzt wird. Im Sommer mal für die Vereine der Stadt. Das schon. Aber Theateraufführungen finden hier nur selten statt. Und mit den Veranstaltern eines Sommerkinos hat man sich überworfen. So fristet die Waldbühne ein eher tristes Dasein in der Abgeschiedenheit der Natur. Es sind die Wanderer, die bei gemäßigtem Wetter durch den Wald streifen und die Sitzbänke des Theaterareals für ein Picknick nutzen. Sie genießen die Idylle dieses Ortes. Für die kulturbeflissenen Einwohner Mittelstadts ist der Ort tabu – es findet einfach keine adäquate Veranstaltung statt. Diese Waldbühne soll nunmehr zum Ort des Wächterschen Weihnachtsspektakels werden. Einwände von Seiten der Stadt gibt es nicht: „ Wer unbedingt will, kann sich ja auf die Socken machen und in den Wald gehen. Die weihnachtliche Festlichkeit auf dem Markt wird hiervon nicht tangiert.“

Aber was ist geschehen? Lauschen wir weiter Ronalds Ausführungen. Er ist ja nicht zu überhören. „Also, es war so, wie ich erfahren habe. Die ganze Theatergruppe um Tina Wächter war auf der Waldbühne und hat geprobt. Muss ziemlich verrückt gewesen sein. Mit Nebelwolken, Berggeistern und reichlich Larifari. Es kam dann eine Wandergruppe aus Bayern vorbei. Die haben sich trotz des Nieselregens auf die Zuschauerbänke gesetzt und das Treiben auf der Bühne beobachtet. So richtig verstanden scheinen sie es aber nicht zu haben: ein Krippenspiel ohne die Heiligen Drei Könige. Stattdessen Gnome und Zwerge, Feen und Waldgeister. Gerufen haben sie dann in Richtung Bühne. Was das Ganze soll. Die Wächter war genervt und wollte von der Bühne gehen und den Bazis alles erklären. Ebenso ein Teil ihrer Spieler. Das war keine gute Idee. Weil ja alles nass war und glitschig. Platsch. Die Kinder rutschten von der Bühne und landeten im Dreck. Nicht nur das – zwei sollen sich sogar verletzt haben. Arm gebrochen, habe ich gehört. Jedenfalls musste der Krankenwagen kommen. Daraufhin haben einige Eltern ihren Kindern verboten, bei dem Stück mitzumachen. Viel zu gefährlich. Und nun sitzt sie da, ohne Geister und

Zwerge". Schallendes Gelächter aus der Rentnerecke. „So was kommt von so was", brüllt Friedrich und prostet der versammelten Mannschaft zu. „Wer den Schaden hat spottet jeder Beschreibung", hämt Hans-Georg und schlägt sich vor Gelächter auf die Oberschenkel.

Im nächsten Moment aber erstarrt sein Gesicht und seine Arme verharren regungslos in der Luft. Tina Wächter hat das Lokal betreten. Ihr Blick richtet sich sofort auf den allseits bekannten Lästerkreis in der hinteren Ecke der Gaststube, wo man geflissentlich versucht, so unschuldig wie möglich auszusehen. Tina Wächter hat nichts mitbekommen von dem, was am Rentnertisch zuvor die Runde gemacht hat. Aber sie hat ein feines Gespür. Ein sehr feines sogar. Und so steuert sie spornstreichs auf die Ansammlung der älteren Herrschaften zu, die ihrerseits völlig unbeteiligt tun und auf ihre Teller starren. „Habt ihr gerade über mich gesprochen?" Der Körper der zierlichen Eventkünstlerin bebt und ihre Augen scheinen Feuerstrahlen zu versprühen. „Nein, wie sollten wir? Was auch? Wir haben uns nur ganz allgemein so unterhalten. Über Weihnachten und so". Die verschämten Ausreden der Senioren vermögen die aufgebrachte Frau nicht zu beruhigen. Inzwischen sind die Augen aller anwesenden Gäste des Lokals auf den illustren Personenkreis gerichtet. „Ihr könnt mir doch nichts vorgaukeln", Tina Wächter faucht in Richtung der eingeschüchterten Ruheständler, „ich kenne euch doch ganz genau, Hans-Georg, Friedrich oder dich, Herbert. Euch alle zusammen. Ihr fühlt euch doch nur wohl, wenn ihr über andere herziehen könnt. Aber nicht mit mir. Glaubt ja nicht, dass ich meine Pläne ändere, nur weil ein paar meiner Schauspieler ausgefallen sind. Da kennt ihr mich schlecht. Ich lasse mich nicht unterkriegen". Die älteren Herren zucken noch mehr zusammen angesichts dieser Wortgewalt. „Ich mache weiter. Mein Krippenspiel wird durchgeführt. Und wenn die Kinder nicht dürfen – dann eben mit euch. Ihr werdet herrliche Zwerge und Gnome abgeben. Morgen früh um 10 Uhr seid ihr, und zwar alle, die ihr hier versammelt seid, auf der Waldbühne zur Probe. Es wäre doch gelacht, wenn ich aus euch keine richtigen Schauspieler machen könnte. Ihr könnt euch mal nützlich machen, statt in der Kneipe über andere Leute herzuziehen.“

Tina Wächter macht kehrt und rauscht ab aus dem Lokal. Dass sie Hunger hat und eigentlich zum Essen erschienen ist, hat sie vergessen. Sie muss ihr Drehbuch umschreiben, den veränderten Verhältnissen anpassen. Zurück bleiben ein voll besetzter Stammtisch mit verdutzten und verstörten Rentnern, die recht kleinlaut geworden sind und eine voll besetzte Gaststube mit breit grinsenden Mitbürgern.

Müßig zu erwähnen, dass am folgenden Tag planmäßig die Probe auf der Waldbühne stattfindet für das Wächtersche Krippenspiel. Der Rentnerklub vom Vortag ist geschlossen anwesend.

Die „Waldhöhenweger" , Teil 1

Mittelstadt liegt am Rande des Mittelgebirges. Wenn man die Stadt in östlicher Richtung verlässt, geht es kontinuierlich bergauf. Zuerst recht gemäßigt: die Straße führt durch ein sanft ansteigendes Wiesengebiet. Später verschwinden die sanften Hügel und mutieren zu einer richtigen Gebirgslandschaft mit bewaldeten Höhenzügen, saftigen Wiesen und eingeschnittenen Tälern. Vor einigen Jahren, als die Baukosten in der Hauptstadt plötzlich und steil anstiegen, entschloss sich der Mittelstädter Stadtrat eine der stadtnahen urwüchsigen Feuchtwiesen als Bauland auszuweisen in der Hoffnung, junge Familien aus der Stadt aufs Land zu locken. Was auch gelang. Es entstand eine kleine Siedlung: Der Waldhöhenweg. Kein großes Siedlungsgebiet. Das gibt die Örtlichkeit nicht her. Acht Einfamilienhäuser, von denen zwei als Altbebauung bereits vorhanden waren, ein Quatrohaus, in dem vier Familien Platz finden und 24 Reihenhäuser, jeweils acht Einheiten in einer Reihe, hintereinander gebaut. Der Waldhöhenweg zweigt von der Hauptstraße ab. An der Abzweigung befinden sich neben einem kleinen Park ein Hotel mit Restaurationsbetrieb, ein weiteres Gasthaus und ein großes leerstehendes Gebäude mit einem Saal, der jeden Moment einzubrechen droht. Hier kehrten früher einmal Ausflügler und Wanderer ein oder aber es fanden Tanzabende und Veranstaltungen statt. Das aber ist lange her und Vergangenheit. Versuche, diese einstige Stätte der Kultur und des Vergnügens wiederzubeleben, sind bisher fehlgeschlagen.

Der Waldhöhenweg selbst führt von der Hauptstraße zunächst bergauf, biegt in östlicher Richtung ab, verläuft durch die erste und zweite Reihe der Reihenhäuser, schlägt einen Bogen höhenwärts, an der mittleren Reihenhauskette vorbei und endet am letzten Reihenhaus in einem Rondell. Dahinter steigt das Gelände stetig an, mit dichtem Mischwald bewachsen. Es ist ein ruhiges Wohngebiet, ein wahres Idyll. Bis auf die Menschen, die hier auf relativ engem Raum miteinander leben.

Im Laufe der Zeit haben viele der Häuser ihren Besitzer gewechselt. Die ersten Bewohner des Waldhöhenweges sind, nachdem die Kinder aus dem Haus waren, wieder in die Stadt gezogen. In erster Linie der Verkehrsanbindung wegen. Denn hierhin fährt kein öffentliches Verkehrsmittel und die nächste Einkaufsmöglichkeit ist zu Fuß nicht zu erreichen. Oder aber sie haben sich beruflich umorientiert und sind deshalb fortgezogen. So hat sich die Zusammensetzung der Waldhöhenweger langsam aber stetig verändert. Vielleicht ist das ein Grund dafür, dass sie sehr unterschiedlich sind, die Bewohner des Waldhöhenweges, sehr individuell. Liebenswert ja, aber eigen. Jeder für sich. Wir werden sie kennenlernen, einige jedenfalls, diese „Mischpoke", wie Horst Samoht, der Gerichtsdirektor, der ebenfalls in diese Siedlung gezogen ist, sich und seine Mitbewohner gerne bezeichnet: die Waldhöhenweger, als Bürger von Mittelstadt, die sie ja nun mal sind – im weiteren Verlauf dieses Buches.

Mike Müller ist einer der Bewohner des Waldhöhenweges. Aber erst seit kurzem. Zusammen mit seiner Lebensgefährtin und der gemeinsamen Tochter ist er in eines der Reihenhäuser eingezogen. Hausnummer 14. Er war einmal beim städtischen Bauhof beschäftigt, hat diese Stelle aber für eine bessere bei einem größeren Straßenbauunternehmen aufgegeben. Die guten Kontakte zu seinen früheren Kollegen bestehen aber weiterhin. Dies mag der Grund dafür gewesen sein, dass der diesjährige Weihnachtsbaum auf dem Marktplatz von Mittelstadt aus dem Müllerschen Vorgarten stammt. Die Fichte im kleinen Vorgarten war zu schnell gewachsen und zu groß geworden. Ausladend hatte sie die gesamte Vorderfront des Hauses vereinnahmt und Dachhöhe erreicht. Aber schön war sie gewachsen, gleichmäßig und gerade. Deshalb hatte Herr Müller sie der Stadt angeboten, konnte er doch auf diese Weise die Kosten der Abholzung sparen. Und die Stadt hat gerne dieses Angebot angenommen, die Mitarbeiter des

Bauhofes mit LKW und Werkzeug vorbeigeschickt, die den Baum fachgerecht abgesägt und als Mittelpunkt des Weihnachtsmarktes aufgestellt haben. So weit, so gut.

Der Platz vor dem Müllerschen Reihenhaus ist leer. Es eröffnet sich ein völlig neuer Blick. Was stehengeblieben ist, ist der Baumstumpf, dessen Beseitigung der Bauhof unterlassen hat. Aber auch dieser soll weg, wenn der Vorgarten neu gestaltet werden soll. Eine Heidenarbeit für einen Einzelnen. Mike Müller ist tagelang beschäftigt, sägt und hackt, gräbt und wühlt, bis er den Stumpf endlich kleingekriegt hat. Er liegt jetzt vor dem Haus. In Einzelteilen und mit jeder Menge zersägten Wurzelgeflechts und Sägespäne. Der Abtransport dieser Relikte der ehemals schönen Fichte ist für später geplant.

Zwei Häuser weiter, Hausnummer 18. Hier wohnt die Familie Michaelis. Besser gesagt, Herr und Frau Michaelis, Bewohner des Hauses seit der ersten Stunde. Damals noch mit ihren Töchtern, die aber nunmehr selbst Kinder haben und mit ihren Familien woanders leben. Reinhold Michaelis ist ein ruhiger Mensch, was vielleicht darin begründet ist, dass er über viele Jahre hinweg insbesondere größere Firmen aufgesucht hat, um dort in aller Seelenruhe zu prüfen, ob die arbeitsschutzrechtlichen Vorgaben eingehalten werden. Inzwischen arbeitet er nur noch wenige Stunden in der Woche; er bastelt an seinem Ruhestand. Reinhold würde man kaum bemerken in der Straße, wenn, ja wenn er nicht ein stark ausgeprägtes Hobby hätte: er putzt geradezu fanatisch gern sein und das Auto seiner Frau. Das war früher schon so, als die ganze Familie sich in den engen Trabant, den er stolz sein eigen nennen konnte, gezwängt hat. Nach jeder Ausfahrt wurde der Wagen außen vom Straßendreck befreit und innen von den Gebrauchsspuren der Insassen. Und das hat sich fortgesetzt von Auto zu Auto, zunehmend sorgfältiger und hingebungsvoller, bis zu seinem jetzigen Gefährt. Eine Nobelkarosse, die er objektiv gar nicht braucht bei den wenigen Fahrten, die er unternimmt. Mal zur Arbeitsstelle, ab und zu auch mal für die Besuche bei den Töchtern. Aber hierzu benutzt man doch lieber das Auto von Kerstin, seiner Frau. Ein hübsches Cabriolet. Beide Fahrzeuge sind der ganze Stolz der Familie, stellen sie doch etwas dar. Natürlich hat keines der Autos je eine Waschanlage von innen gesehen. Die Nylonfäden der rotierenden Bürsten könnten dem Lack wehtun und ihn womöglich beschädigen. Nur die Arbeit seiner eigenen Hände kann Reinhold echte Befriedigung verschaffen: klares Wasser, säurefreies Autoshampoo, nichtkratzende Schwämme und hautfreundliche Wisch- und Poliertücher. Wann immer man Reinhold vor der Haustür sieht, ist er beim Autowaschen- oder -putzen. Morgens oder abends, werktags, vornehmlich aber an den Wochenenden. Egal, ob am Sonnabend oder Sonntag. Entscheidend ist, ob die Fahrzeuge benutzt wurden und mit der rauen Wirklichkeit der Straßen in Kontakt gekommen sind. Erschwerend kommt hinzu, dass sich im Kellergeschoß des Reihenhauses nur eine Garage befindet, in der das Cabriolet nach Kerstins Fahrten zur Arbeitsstelle seine wohlverdiente Ruhe findet. Nicht aber Reinholds Schlitten. Vor dem Haus in der Einfahrt abzustellen, wäre wenig hilfreich. Hier fahren die Fahrzeuge der anderen Waldhöhenweger vorbei, gelegentlich sogar so ungestüm, dass sie Staub aufwirbeln. So findet Reinholds Fahrzeug seinen Abstellplatz gewöhnlich vor der Mauer, die das Einzelgrundstück des Hauses 22 einfriedet. So ist das Auto wenigstens auf einer Seite geschützt. Schutz vor wilden Tieren in freier Wildbahn, die im Waldhöhenweg gelegentlich anzutreffen sind, bietet ein technisch ausgereiftes Marderschutzgerät, das Reinhold unter dem Wagen postiert. Steht der Wagen nicht an der besagten Mauer, so wird er am Straßenrand abgestellt und nicht etwa in der eigenen Einfahrt. Dort blockiert er bisweilen zwar die Einfahrt zu den gegenüberliegenden Grundstücken. Macht aber nichts. Reinholds überdimensioniertes Gefährt darf das.

Auch heute Abend steht Reinholds schwarzes Gefährt dicht an der Nachbarmauer. Vermeintlich gut geschützt vor Staub- und Schmutzattacken aller Art. Aber nicht vor den Launen des

Wetters. Feucht ist es die letzten Tage ohnehin schon gewesen. Doch nun kommt noch Wind hinzu, ein unangenehmer Wind, der die feuchte Luft vor sich hertreibt. Und all die anderen Dinge, die sich ihm in den Weg stellen oder legen. Und dazu gehören auch die Wurzelreste, die noch vor dem Haus Nr. 14 liegen und die klebrige und schmierig Sägespäne. Getrieben durch den Wind, erhebt sie sich, wirbelt in Spiralform von rechts nach links, von oben nach unten, vor allem aber vorwärts in Richtung der frisch gewienerten schwarzen Karosse des Nachbarn. Ein guter Platz, um sich nach diesem anstrengenden Flug auszuruhen, denken sich Sägespäne, Wurzelreste und Erdpartikel, und handeln auch danach. Am Morgen ist das Auto nicht wiederzuerkennen. Wo gestern Abend ein blank gewienertes schwarzes Edelauto stand, steht heute zwar auch noch eines. Aber eines, das sich unter einer Schutzhaut aus Sägespänen, Fichtennadeln und Dreck verbirgt.

Ein gellender Schrei durchdringt den Waldhöhenweg: Reinhold hat sein Auto entdeckt. Wie gesagt, Reinhold ist ein sehr bedächtiger Mensch und nichts kann ihn aus der Ruhe bringen. Fast nichts. Aber wenn es um sein Auto geht, tritt ein Mentalitätswechsel ein. Er springt wieder und wieder vor seinem Auto auf und nieder, schreit und flucht, sein Kopf ist gerötet, die Adern sind angeschwollen. Ein bedenklicher Zustand. Kerstin als Krankenschwester erkennt diesen sofort und versucht, ihren Mann zu beruhigen, bevor er eine Herzattacke erleidet. Der jedoch wimmelt sie ab, stürzt zum Haus der Müllers, klingelt Sturm, pocht an die Tür und brüllt so eindringlich, dass sich wie auf Kommando die zur Straße gerichteten Fenster der Nachbarhäuser öffnen. Neugierige Gesichter, in denen sich bei genauem Hinsehen auch eine Spur

Schadenfreude erkennen lässt, blicken voller Erwartung auf das Geschehen vor ihnen. Die Haustür öffnet sich und ein sichtlich verschlafener Hausherr ist im Türrahmen zu erblicken, völlig überrascht von dem Unwetter, das auf ihn nun einprasselt. Die Erwartung der Zuschauer allerdings wird enttäuscht. Sie bekommen zwar noch mit, wie Reinhold weiter lautstark protestiert, müssen aber erleben, dass Mike Müller den wild gestikulierenden Gegenüber am Arm packt, in den Hausflur zieht und die Tür schließt. Augenblicklich herrscht Ruhe auf dem Waldhöhenweg. Was hinter der Tür passiert bleibt offen. Man sieht nichts, man hört nichts. Und so schließt sich langsam ein Fenster nach dem anderen.

Eine knappe Stunde später. Vor dem Haus Nummer 14 ist Mike Müller, ausgestattet mit Harke und Besen, damit beschäftigt, die Fichtenreste aus dem Vorgarten zu entfernen und in Müllsäcke zu stopfen: Äste, Wurzelreste, Sägespäne. Aller Unrat wird penibel und säuberlich entfernt. Zwei Häuser weiter wird ebenfalls gearbeitet. Reinhold Michaelis hält den Wasserschlauch in Händen und wäscht sein Fahrzeug ab. Neben ihm stehen Putzeimer und jede Menge Utensilien zur Lack- und Fahrzeugreinigung. Beide Männer drehen sich den Rücken zu, Worte werden nicht gewechselt.

Ganz vorsichtig überquert Lisa Nagel den Waldhöhenweg und geht in Richtung Mike Müller. Sie wohnt gegenüber im Haus Nummer 15 und es entspräche wohl der Unwahrheit, wenn man behaupten wolle, sie wäre nicht neugierig. Oder anders ausgedrückt: niemand im Waldhöhenweg ist über dessen Bewohner und deren Lebensumstände besser orientiert als sie. Vor Mike Müller bleibt sie stehen: „Was gibt es? Was war los mit Reinhold?" Mike Müller, der gebückt über seiner

Harke steht, blickt nur kurz auf. „Nichts, Lisa", über Mike`s Gesicht huscht ein kurzes Lächeln, „er hat lediglich protestiert, als ich ihm angeboten habe, sein Auto zu putzen."

Der Waldhöhenweg von Mittelstadt ist eben eine ruhige, idyllische Straße mit ebensolchen Bewohnern.

Nette Kollegen

Gregor Rockstroh ist sauer. Er ist stinkesauer, zutiefst verletzt und wütend. Noch nie in seinem nunmehr fünf und fünfzig jährigem Leben hat er sich derart mies und elend gefühlt. Wütend malträtiert er mit seinen Fingern die Tastatur des Uraltcomputers, den ihm sein Dienstherr für seine hochwichtigen Dienstgeschäfte zur Verfügung gestellt hat. Gregor Rockstroh ist Polizeibeamter und versieht seinen Dienst derzeit in einer winzig kleinen Stube in der Polizeirevierwache in Mittelstadt. Man hat ihm die Anzeigenaufnahme übertragen. Wohlgemerkt – die kleineren Anzeigen, bei denen nichts verkehrt gemacht werden kann. Naja, jedenfalls fast nichts, außer der Rechtschreibung. Die gehörte noch nie zu Gregors Stärken. Im Moment sitzt ihm ein empörter Kleingärtner gegenüber, der den Diebstahl mehrerer Tulpenzwiebeln von seiner Parzelle zur Anzeige bringen will und sich wortgewaltig über die ständig wachsende Kriminalität und die Verrohung in der Gesellschaft insgesamt beschwert.

Gregor Rockstroh ist bemüht, Interesse für die Ausführungen seines Gegenübers zu heucheln. Tatsächlich ist er mit seinen Gedanken ganz woanders, ganz weit weg. Er ist immer gerne Polizist gewesen. Polizist war sein Traumberuf. Die Ausbildung war nicht sehr schwer gewesen, auch für ihn nicht. Man brauchte hierfür kein Abitur. Seinerzeit, als er sich für diese Staatslaufbahn entschied, schaute man nicht so sehr auf Schreib- oder Rechenkenntnisse. Ein sportliches Auftreten, eine gehörige Portion Pflichtgefühl und das Anpassen an eine gut organisierte Hierarchie zählten weit mehr als intellektuelle Begabungen. Und so lernte er schnell die wichtigsten Regeln und verstand es gut, den Wünschen Anordnungen seiner Vorgesetzten zu entsprechen, ohne diese auf deren Sinn hin zu hinterfragen. Er war ein gut geöltes Glied in der Kette. Und er fühlte sich sehr wohl in dieser Funktion. Er trug eine schmucke Uniform. Das kam bei den Mädchen gut an, viel besser, als wenn er sie mit Kenntnissen über Literatur oder Geschichte hätte beeindrucken müssen. Und er kam auch bei seinen Vorgesetzten gut an. Ein Polizist, der tat, was man ihm auftrug, war gern gesehen.

So durfte er recht bald schon einen eigenen Außenposten versehen. Er wurde Dorfpolizist in dem kleinen, eher unbedeutenden Ort in der Nähe von Mittelstadt, in dem er aufgewachsen war. Und er behielt diese Position als „Dorfsheriff"- eine Bezeichnung, die er nicht als abwertend empfand, sondern die ihm eher schmeichelte, über viele Jahre hinweg. Daran änderte sich nichts, auch wenn sich die Zeiten änderten, die Polizeistruktur reformiert wurde, die Ausbildung verbessert wurde, an die Qualifikation erhebliche Anforderungen gestellt wurde. Gregor Rockstroh blieb in seinem Dorf als Bürgerpolizist, wie es jetzt hieß.

Bis vor ein paar Monaten, als man ihn in den Innendienst beorderte nach Mittelstadt und ihm ein kleines, muffiges Büro zuwies, ihm den Umgang mit dem nicht mehr zeitgemäßen Schreibgerät erläuterte und er fortan verdammt war, Anzeigen aufzunehmen, die kleineren, wie gesagt. Ein Außenseiter in dieser Umgebung, mit dem keiner seiner Kollegen so recht etwas anzufangen wusste. Ein Polizist, der aus der Zeit gefallen war, dem der moderne Polizeidienst mit all seinen technischen und kommunikativen Entwicklungen fremd war. Er passt nicht in dieses System, und er bekommt dies tagtäglich von seinen zumeist jungen und agilen Kollegen zu spüren.

Wie kam es dazu? Ausschlaggebend war ein eher unbedeutender Kriminalfall in seinem Ort. Ein Bewohner hatte ihn zur Hilfe gerufen, weil er merkwürdige Geräusche aus dem Geräteschuppen in seinem Garten gehört hatte. Als Gregor Rockstroh beim Anrufer erschien und sich den Sachverhalt schildern ließ, sah er, wie eine Person aus dem Schuppen schlich und dann mit verschiedenen Gegenständen unter dem Arm davonlief und in einem nahegelegenen Wäldchen verschwand. Er meinte, in dem Fliehenden einen ortsansässigen und bereits wiederholt strafrechtlich in Erscheinung getretenen Mitbürger erkannt zu haben.

Bei der Untersuchung des Schuppens stellte sich heraus, dass das Schloss aufgebrochen worden war und eine elektrische Heckensäge, eine Astschere und eine Axt fehlten. Dies reichte dem wackeren Polizisten für eine Anzeige, die er noch am selben Tag fertigte und der Revierwache zukommen ließ, die ihrerseits den Vorgang an die Staatsanwaltschaft weiterleitete. Was folgte war eine Anklageerhebung und anschließende Strafverhandlung gegen den von Gregor Rockstroh erkannten Täter vor dem Amtsgericht Mittelstadt. Der Polizist war als Zeuge geladen, sein Revierleiter folgte der Verhandlung interessiert. Ein Selbstgänger, bei dieser Beweislage, sollte man meinen. Der Angeklagte hingegen empfand das nicht so. Er bestritt aufs heftigste die ihm vorgeworfene Tat eines Einbruchsdiebstahls und versicherte mit unschuldsvoller Miene, dass er am fraglichen Tag krankgeschrieben gewesen sei und das Bett gar nicht hätte verlassen können. Sein Arzt könne das bestätigen. Also wurde der eifrige Bürgerpolizist in den Zeugenstand gerufen. „Nicht der", schrie plötzlich der Angeklagte. Staatsanwalt und Richter sahen sich verdutzt an, als der vermeintliche Übeltäter mit einer Erklärung fortfuhr: „Den Rockstroh lasse ich als Zeugen nicht zu. Den kenne ich schon aus der Schulzeit. Wir waren in einer Klasse und er war immer schon der Dümmste, hat sich immer etwas ausgedacht, um dem Lehrer zu gefallen. Konnte keinen Satz richtig schreiben, aber uns verpetzen. Und jetzt läuft er rum und spielt Staatsgewalt. Der kann nichts als integrieren." „Intrigieren, meinen sie wohl, Herr Angeklagter", korrigierte der Richter die Verbalattacke, hörte sich aber dennoch die Aussage des Polizeibeamten an. Offenbar nicht zu seiner Zufriedenheit. Denn Gregor Rockstroh, sichtlich getroffen von den Worten seines ehemaligen Klassenkameraden, die er nicht einmal zu dementieren versuchte, präsentierte sich in seiner Zeugenrolle nicht eben überzeugend. Er verhedderte sich wiederholt und musste letztlich zugestehen, dass er das Gesicht des Täters nicht habe erkennen können, den Fliehenden mehr am Bewegungsablauf erkannt habe. Der Richter brach die Verhandlung nach dieser Vernehmung ab und forderte die Ermittlungsbehörden auf – nicht ohne dabei den Revierleiter auf der Zuhörerbank intensiv anzusehen -, „die Ermittlungen in gehöriger Form wieder aufzunehmen".

Der Rückweg zum Revier kam Gregor Rockstroh wie ein Gang zum Schafott vor. Mit gesengtem Kopf trottete er neben seinem Chef her. Kein Wort von diesem . Zwischen den beiden Polizisten herrschte eisiges Schweigen. An der Revierwache angekommen, verabschiedete sich der noch Bürgerpolizist wortlos von seinem Vorgesetzten. Am nächsten Tag war er kein Bürgerpolizist mehr, sondern musste fortan seinen Dienst auf der Revierwache in Mittelstadt versehen, bis heute, in seinem kleinen, muffigen Büro.

Die folgenden Wochen waren die Hölle für Gregor Rockstroh. Auf dem Revier würdigte man ihn keines Blickes: ein Polizist, der so schlampig arbeitet, bringt den gesamten Berufsstand in Misskredit. Wer soll jetzt noch Vertrauen in die Polizei haben? Wer vertraut noch auf die Aussage eines Beamten? Zu Hause das gleiche Drama. Der Auftritt vor Gericht hatte sich Dank der Mitteilsamkeit des angeblichen Täters schnell im heimatlichen Ort herumgesprochen. Gregors Frau hatte es bald satt, die schadenfrohen Blicke der Mitbürger ertragen zu müssen. Sie packte ihre Sachen und suchte sich eine Wohnung in der Landeshauptstadt. Gregor selbst suchte mehr und mehr Trost im Alkohol. Er verfluchte den Tag, als er die vorschnelle

Anzeige geschrieben hatte – und trank. Er verfluchte sich selbst – und trank noch mehr. Und dann wollte er mit seiner Frau reden, sie zurückholen. Und geriet dabei mit seinem Fahrzeug in eine Verkehrskontrolle. „Fahren unter Alkoholeinfluss", der lapidare Vorwurf. Führerschein weg, Strafverfahren am Hals und die disziplinarischen Konsequenzen stehen auch noch aus.

Gregor Rockstroh ist sauer. Er ist stinkesauer, verletzt und wütend. Nur mit äußerster Anstrengung gelingt es ihm, sich auf seine Arbeit zu konzentrieren und auf den vor ihm sitzenden Kleingärtner, der immer noch seinen Tulpenzwiebeln hinterhertrauert. Es gibt schlimmere Dinge als Tulpenzwiebelklau, denkt er, während er im Zweifingersuchsystem die Anzeige in den Computer tippt. Die Tür zu seinem Büro öffnet sich – ohne dass zuvor angeklopft worden wäre. Eine junge Polizeimeisterin schaut herein: „Herr Rockstroh, der blaue Golf im Innenhof. Ist das ihrer? Entfernen sie ihn bitte, er versperrt die Zufahrt zu den Garagen. Sie können ja auf dem Marktplatz parken." Die Tür schließt sich wieder.

Gregor Rockstroh tut, wie ihm geheißen. Er unterbricht die Anzeigenaufnahme und bittet den Kleingärtner um ein wenig Geduld. Er holt den Autoschlüssel aus seiner Manteltasche, verlässt das Büro und geht in den Innenhof der Wache. Hier stehen die Einsatzfahrzeuge der Polizei. Aber auch für die Mitarbeiter gibt es Stellplätze. Vollgeparkt ist der Platz nicht. Aber was soll`s. Der Marktplatz ist ja direkt vor dem Haus. Dort gibt es noch genug freie Plätze. Man will ja nicht noch mehr Ärger mit den Kollegen.

Nachdem Gregor Rockstroh auf dem Marktplatz eine freie Parkbucht gefunden hat, verschließt er sein Fahrzeug und kehrt zur Wache zurück. Im Eingangsbereich erwarten ihn drei Kollegen. Die junge Polizeimeisterin von vorhin ist auch dabei. „Gregor", ein älterer Beamter, einer jener Polizisten, die Gregor Rockstroh schon seit Urzeiten kennt, mit dem er zusammen auf der Polizeischule gewesen ist und mit dem er bei Betriebsfeiern das eine oder andere Bier getrunken hat, schaut ihn ernst an, „ wir haben dich eben gesehen, wie du ein Kraftfahrzeug im öffentlichen Verkehrsraum geführt hast. Soweit uns bekannt ist, bist du nicht im Besitz einer gültigen Fahrerlaubnis. Ich möchte dich bitten, mir die Fahrzeugschlüssel auszuhändigen und mir zwecks Anzeigenaufnahme zu folgen."

Gregor Rockstroh steht starr vor den Beamten. Er vermeint, in ihren Gesichtern den Anflug von Schadenfreude zu erkennen. Aber nach allem, was vorausgegangen ist, will er sich auf seine Wahrnehmungsfähigkeit nicht verlassen. „Ich habe das Auto doch nur zu meiner Frau in die Landeshauptstadt bringen wollen", murmelt er kaum vernehmlich vor sich hin, „jetzt, wo ich doch nicht mehr fahren darf."

Seit dieser Zeit muss Gregor Rockstroh nicht mehr täglich das Antlitz seiner lieben Kollegen ertragen. Man hat ihn erneut strafversetzt. Er darf wieder Außendienst machen, in dem kleinen Ort, der seine Heimat ist. Als „Dorfsheriff".

Strategiebesprechung

Auf dem Schreibtisch türmen sich die Akten. Unter der Last der gebündelten Papierkonvolute scheint das betagte Schreibmöbel zu ächzen und zu stöhnen. Andere Geräusche sind in dem großen Büro jedenfalls nicht zu vernehmen – sieht man einmal vom Rascheln des Papieres ab, wenn der Oberbürgermeister Sylvio Paul die Seiten in den Akten umblättert. Er hasst diese Akte und kommt doch nicht umhin, sie Seite für Seite durchzugehen. „Prozessakte Mittelstadt gegen Architektenbüro Wachholz und Masuhr" steht auf dem Deckel. Er hat diesen Prozess geerbt. Von seinem Vorgänger, der der Stadt unbedingt zu einem stattlichen Einkaufszentrum verhelfen wollte, zumal es hierfür nicht unbeachtliche Fördermittel gab. Auf eine Ausschreibung wurde seinerzeit verzichtet. Wozu auch. Die Stadt besaß ja mit den Architekten Alexander Masuhr und Jürgen Wachholz anerkannte Planer, die obendrein auch noch im Stadtrat saßen. In bessere Hände konnte man ein solch aufwändiges Projekt gar nicht legen. Doch dann lief alles irgendwie aus dem Ruder: der Bau kam lange Zeit nicht voran, weil ständig irgendwelche Mängel zu beheben waren.

Und als alles für die Einweihung fertiggestellt war, fehlten die Mieter für die Ladenräume. So stand der Gebäudekomplex lange Zeit ungenutzt herum. Schließlich fanden sich dann doch interessierte Geschäftsleute, die jedoch bald wieder absprangen als sich herausstellte, dass viele Räumlichkeiten des Neubaus für die geplante gewerbliche Nutzung nicht geeignet waren. Planungsfehler – meinte die Stadt und verlangte eine umfassende Bausanierung, die natürlich nicht auf Kosten der Stadt erfolgen sollte. „Die Planerstellung ist einwandfrei erfolgt. Allein die Stadt hat uns mit falschen Vorgaben versehen", so die Architekten. Und da man eine Einigung nicht erzielen konnte, wurde prozessiert. Gutachten über Gutachten wurden erstellt, Zeugen befragt, Einigungsgespräche geführt. Alles ohne Ergebnis. Und so zieht sich der Prozess über Jahre hinweg hin und dümpelt nun vor dem Oberlandesgericht. Ein Ende scheint nicht abzusehen. In der Zwischenzeit stehen die meisten Geschäftsräume leer, der Stadt entgehen Mieteinnahmen und Gewerbesteuern. Es wird sogar von einem teilweisen Rückbau des Komplexes gesprochen. Man könnte das auch als Teilabriss bezeichnen. In den nächsten Tagen soll wieder eine mündliche Verhandlung stattfinden. Das Gericht hat zwar angekündigt, erneut einen Vergleichsvorschlag zu unterbreiten. Aber wie soll der aussehen? Und wird sein Stadtrat und wird die Gegenseite darauf eingehen können?

All dies geht dem Oberbürgermeister durch den Kopf. Mit gramzerfurchter Stirn schaut er auf die vorliegenden Gutachten, die keine Klarheit schaffen, sondern sich in vielen Punkten sogar widersprechen. Es klopft an seiner Bürotür und seine Sekretärin, Dorothea Fessel, schaut herein: „Sylvio, ich muss dich mal stören. Herr Seier ist im Vorzimmer und lässt sich auch nicht abwimmeln". Irgendwie ist der Oberbürgermeister froh über diese Unterbrechung und antwortet: „Kein Problem, Dorothea, lass ihn herein. Und …. bring mal vorsichtshalber zwei Gläser und den Cognac, man weiß ja nie ….". Womit er recht hat, denn Sören Seier betritt ziemlich ungehalten den holzgetäfelten Arbeitsraum des OB, an dessen Wänden in Öl gemalte Bildnisse früherer Bürgermeister auf die beiden Männer herunterschauen. Man könnte den Eindruck haben, die Amtsvorgänger, die sich nicht mehr mit den Problemen der Stadt herumschlagen müssen, freuen sich genüsslich über den folgenden Dialog. Auch wenn ihnen der Cognac versagt bleibt.

„Mein lieber Sylvio", Sören Seier schüttet das erste Glas des ihm angebotenen alkoholischen Getränks in seinen Mund, „ich empfinde es mehr als befremdlich, dass du mich – ohne überhaupt mit mir zu sprechen – zum Vereinsvorsitzenden deines „Kultur- und Geschichtsvereins" machen willst. Ich bin ein vielbeschäftigter Mann und habe weder Lust noch die Zeit dazu, für die Stadt die Kohlen aus dem Feuer zu holen. Es ist deine ureigendste Aufgabe als Stadtoberhaupt, für ein würdiges Programm zur 800 Jahr-Feier zu sorgen. Da kannst du nicht einfach die Beine auf den Tisch legen, deine monatliche Knete kassieren und hoffen, dass einige Dumme deine Arbeit verrichten – und natürlich noch ehrenamtlich. Ohne jede Vergütung."

Sylvio Paul hebt beschwörend seine Hände. Er kennt seinen Gegenüber nur zu gut. Nicht zuletzt aus dem letzten Wahlkampf, in dem Sören Seier als Gegenkandidat aufgetreten war. Damals hatte er seine Vortragstätigkeit noch nicht und griff bei allem zu, was Geld einbrachte, vor allem aber publicitywirksam war. Kurzfristig war er sogar Präsident eines Fußballvereines, obwohl er von Fußball so viel verstand wie der berühmte Hahn vom Eierlegen. Oder er hatte eine politische Kolumne in der Tageszeitung, in der er in markigen Worten die Weltpolitik skizzierte. Ganz abgesehen von den verschiedenen Podiumsdiskussionen zu allen möglichen Themen, bei denen er immer wieder auftauchte. Das ist Sören Seier: eloquent und stets präsent. Aus dem Oberbürgermeisterposten ist nichts geworden. Aber das war wohl ernsthaft auch gar nicht gewollt, zumal mit Arbeit verbunden. Aber man war im Gespräch und ist allseits bekannt. „Lieber Sören", Sylvio Paul ergreift die Flasche und füllt das Glas seines Gegenübers erneut, „ es tut mir leid, wenn du dich hintergangen fühlst. Das war nicht meine Absicht. Alles, was wir wollen ist, dass ein kompetenter Mensch Vorsitzender des „Kultur- und Geschichtsvereins" wird. Jemand, der überall geachtet ist, der in der Lage ist, den Verein und die Stadt wirksam zu vermarkten, der über Organisationsgeschick verfügt und Menschenführung. All das kannst du hervorragend. In der Stadtverwaltung gibt es niemanden, der es in diesen Dingen mit dir aufnehmen könnte. Es wäre eine große Ehre für uns, für die ganze Stadt, wenn du dich entschließen könntest, den Vereinsvorsitz zu übernehmen." Sören Seier wirkt bei diesen Worten des Oberbürgermeisters schon bedeutend weniger erregt. Nachdem er das zweite Glas Cognac geleert hat – ebenfalls in einem Zug -, weist er noch einmal darauf hin, dass er beruflich stark belastet sei und dass die Vereinstätigkeit für ihn ein Zuschussgeschäft darstellen würde. Sylvio Paul versucht zu beschwichtigen: „Sören, ich weiß, was du alles am Hals hast. Aber glaube mir, wir alle hier in Mittelstadt bauen auf dich. Was die finanzielle Seite angeht: natürlich ist der Verein gemeinnützig. Aber das schließt doch nicht aus, dass der Aufwand der Tätigkeit für den Verein zu entlohnen ist. Das lässt sich satzungsmäßig festsetzen oder durch den Vorstand klären. Ich sehe hierin kein Problem". Sören Seier ist zunehmend entspannter und dankbar für den dritten Cognac, den er wiederum in einem Zug in seinen Schlund vergießt. Auch der Hausherr nimmt bedächtig einen Schluck aus seinem Glas und versucht, auch die letzten Argumente seines Gastes zu zerstreuen: „Bedenke bitte auch, dass du als Vereinspräsident für die Repräsentation nach außen zuständig wärest, nicht für die Kleinarbeit. In erster Linie müsstest du den Medien erläutern, was hier in Mittelstadt im Rahmen der 800 Jahr-Feier alles geboten wird, könntest deine Ideen für die Veranstaltungen präsentieren. Die Ausführung liegt dann in anderen Händen. Ich bin sicher, du findest die richtigen Leute für diese Aufgaben".

Sören Seier wirkt inzwischen sichtlich gelöst. Sylvio Paul ist sich sogar sicher, auf Sörens Gesichtszügen- nach Verzehr des vierten Glases Cognac – einen Anschein von Stolz und Ehrgeiz zu erblicken. Und dann zieht er den letzten Trumpf aus dem Ärmel: „Ach ja, Sören, noch einmal zur finanziellen Seite: Für das Stadtfest benötigt man natürlich ein unverwechselbares und einprägsames Logo. Der Verein könnte das entwerfen und sich schützen lassen. Nur vom Verein Befugte dürften dieses Logo verwenden. Zum Beispiel für T-Shirts, Tassen und Becher, Andenken usw. Mal unter uns – deine Frau betreibt doch ein Geschenkartikelunternehmen? Du verstehst, was ich meine?" Sören Seier versteht sehr gut. Er wirkt geradezu beschwingt, als er das fünfte Glas Cognac in sich hineinschüttet: „Sylvio, ich weiß um die zusätzliche Belastung, die der Vereinsvorsitz für mich bedeutet. Aber ich bin stolz darauf, Bürger dieser Stadt zu sein. Unter Zurückstellung aller Bedenken meine ich, die mir überbürdete Aufgabe annehmen zu können. Darauf müssen wir – glaube ich – unser Glas erheben".

Gesagt, getan. Der Bund für das Stadtfest ist besiegelt. Der Oberbürgermeister geleitet den designierten Vorsitzenden des „Mittelstädter Kultur- und Geschichtsvereins" zur Tür- alleine hätte er diese wohl nicht gefunden-, verabschiedet sich gebührend von ihm und bittet seine Sekretärin zu sich. „Dorothea", so teilt er ihr stolz mit, „ das Vereinswesen entwickelt sich, sehr positiv sogar. Wir haben in Sören Seier die Gallionsfigur unseres Stadtfestes gefunden. Und darauf sollten wir anstoßen- was schließlich auch geschieht mit dem Rest des köstlichen Getränks, der noch in der Flasche verblieben ist.

Die „Waldhöhenweger" , Teil 2

Der Waldhöhenweg ist eine friedliche und ruhige Straße. Die Bewohner dieser Straße sind nett und freundlich. Bisweilen jedenfalls. Und ruhig und friedlich werkeln sie in ihren Gärten, putzen ihre Autos oder genießen einfach die Idylle ihrer kleinen Siedlung.

So auch der Gerichtsdirektor, Horst Samoht mit seiner Frau, die das Endreihenhaus in der zweiten Reihe mit der Hausnummer 21 zusammen mit ihrer grauen Hauskatze Lara bewohnen. Der kleine Garten ist von hohen Koniferen umgeben, wodurch die Intimsphäre gewahrt ist und der Blick auf die Nachbarschaft – und umgekehrt – versagt bleibt. Blieb, muss man richtigerweise sagen. Denn – nun ja, das ist eine lange Geschichte:

Das Endreihenhaus in der dritten Reihe, direkt hinter dem des Ehepaares Samoht, bewohnt das Ehepaar Herzig. Gundula Herzig, eine Frau mit üppigen Ausmaßen, ist Frührentnerin. Wenn sie nicht gerade dem Schönheitsschlaf frönt, zieht sie mit Innbrunst und Liebe Begonien auf. Der schöne Wintergarten ihres Hauses ist überfrachtet von diesen kleinen Wuschelblümchen, die jeden Tag ihre Zuneigung und Streicheleinheiten brauchen. Und weil es so viele sind und sie sich dummerweise unter den zarten Händen Gundulas noch stetig vermehren, brauchen sie Platz – sehr viel Platz. Der Garten gibt diesen Platz nicht her. Denn hier stapeln sich seit Jahren Berge von Holzlatten, Steine für einen vielleicht einmal vorgesehenen Steingarten, Kies- und Erdhaufen, Gartenabfälle (auf eine Biotonne wird bei Herzigs verzichtet), Blumenkübel, eine Betonmischmaschine mit diversen Kübeln zum

Anmischen desselben sowie Zementsäcke, die im Laufe der Zeit witterungsbedingt selbst zu Stein geworden sind. Es bleibt wenig Platz für andere Dinge – einen Gartentisch mit zwei maroden Stühlen zum Beispiel, die auf der Terrasse ein unrühmliches Leben fristen, da der Wintergarten von den Begonien beherrscht wird. Oder für den Gartengrill, der sein Dasein ganzjährig zwischen Erd- und Sandhaufen verbringen darf. Es musste also Platz geschaffen werden. Während ihrer ausgedehnten Vormittag- Ruhestunden kam Gundula auf die Idee, den Hang zur Straße hin mit einer Mauer zu versehen. Aber nicht etwa nur so mit einer einfachen Mauer. Nein, es musste schon etwas Besonderes sein: eine Mauer aus roten steinernen Pflanzkübeln.

Gedacht, getan. Nicht etwa durch sie selbst – sie hat es ja mit dem Rücken. Und für derartige Aufgaben hat sie ja schließlich auch ihren Paul. Und der tut, was Gundula sagt.

Mehrere Jahre hat es gedauert, bis Paul die Wand errichtet hat. Unter fachmännischer Anleitung seiner Frau, die von sich behauptet, früher einmal als Ingenieurin tätig gewesen zu sein. Überprüfen lässt sich das nicht. Aber im Geben von Anweisungen ist sie absolut geschult, was dafür spricht, dass ihre Angaben zutreffen könnten. Und die Gründung der Mauer musste stimmen- darauf hat sie besonderen Wert gelegt und ihrem Paul auch gezeigt, worauf es bei einem solchen Jahrhundertbauwerk ankommt. Immer im Frühjahr und Spätherbst , wenn die Wetterverhältnisse eher unwirtlich waren, musste er ran. Bei schönem Wetter gönnte man sich dann doch eher ein Bierchen und eine Bratwurst auf der Terrasse und besprach das weitere Vorgehen des ehrgeizigen Bauvorhabens.

Nach Jahren der Schufterei war es dann aber doch vollbracht: die Mauer stand. Felsenfest. Hunderte von Blumenkübeln begrenzen nun das Herzigsche Grundstück zur Straße, wenn auch weitgehend verweist, zumal sich die Begonien im Wintergarten viel wohler fühlen. Wenn somit zwar nur sporadisch Pflanzen in den dafür vorgesehenen Kübeln vorhanden sind, so ist aber doch über die Krone der Mauer hinaus das übrige Gerümpel im Garten gut einsehbar. Nicht allerdings von Seiten der Grundstücksnachbarn. Die hoch gewachsenen Koniferen verhinderten, dass das Ehepaar Samoht Einblick in diese nachbarliche Idylle nehmen konnte. Bis, ja, bis Gundula bei Samohts vorstellig wurde. Die hohen Bäume, so seufzte sie, seien ja schön. Sie böten auch einen guten Sichtschutz. Dadurch sei ja auch gewährleistet, dass man sich nicht ständig anschauen müsse. Sie seien aber auch gefährlich. Denn wenn ein Sturm komme, was in dieser rauen Vorgebirgsgegend doch nicht so selten sei, könne es geschehen, dass ein Baum mal umknicke und ihr schönes Gewächshaus, pardon, Wintergarten natürlich, beschädigen könne. Horst Samoht gab zu bedenken, dass diese Gefahr wohl eher theoretischer Natur sei. Immerhin liege Herzigs Grundstück erhöht und Bäume, wenn sie denn umfallen, würden doch eher dazu neigen, die Fallrichtung nach unten zu bevorzugen. Ein Einwand, den Gundula jedoch nicht gelten ließ. Des lieben Friedens willen willigten Samohts schließlich ein, die Bäume fällen zu lassen. Im Frühjahr sollte dies geschehen, dann, wenn der Naturschutz ein solches Fällen auch erlaubt. Statt der Bäume sollte dann eine undurchsichtige Trennwand auf der Grundstücksgrenze errichtet werden. Voraussetzung für diese Aktion war aber – und darüber waren sich beide Seiten einig – dass nach dem Fällen der Bäume, im April, spätestens aber im Mai seitens der Familie Herzig zur Stabilisierung eine Mauer – selbstverständlich mit fester Gründung – errichtet werde, so dass das Fundament der Trennwand einen festen Halt hätte. Schließlich sollte die Trennwand ja direkt an der Grundstücksgrenze errichtet werden.

Gesagt, beschlossen und beinahe auch ausgeführt. Im Februar kam der beauftragte Spezialist mit der Kettensäge und bereitete den stolzen Koniferen ein jähes Ende. Und es wurde Maß genommen für die Trennwand und festgelegt, wo die Betonsockel eingegossen werden sollten. In Abstimmung mit Herzigs, die ihrerseits festlegten, wo und wie sie ihre Stützmauer zu errichten gedachten. Danach passierte .....

nichts. Der April war herrlich, so richtig schönes Mauererrichtungswetter. Oder aber Grillwetter – so jedenfalls bei Herzigs. Auch der Mai war wunderschön. Für den geplanten Mauerbau viel zu schade, da die Begonien ihr Recht forderten und in die Pflanzschalen versetzt werden wollten. Es war abzusehen, dass auch in den Folgemonaten nichts geschehen würde. Herrn und Frau Samoht wurde es so ganz allmählich leid. Der ungetrübte Blick auf das Herzische Anwesen mit dem Sammelsurium unterschiedlichster Baumaterialien führte zu akuter Herzbeklommenheit, der abgeholfen werden musste. Also ließen Samohts die vorgesehene Trennwand errichten. Wie geplant – na ja, fast wie geplant jedenfalls. Da die Herzigsche Stützmauer fehlte, musste eine andere Lösung gefunden werden, um der Trennwand eine hinreichende Stabilität zu verleihen. Die herbeigerufenen Handwerker schritten auf dem kleinen Grundstück hin und her, prüften den Boden und dessen Festigkeit, steckten die Köpfe zusammen und tüftelten, bis sie zu einem Ergebnis kamen : es half alles nichts, die Trennwand musste nach hinten versetzt werden. Mindestens einen halben Meter, eher etwas mehr, sonst könne man keine Garantie dafür übernehmen, dass sie nicht doch irgendwie ins Rutschen käme. Ärgerlich, weil der ohnehin kleine Garten des Reihenhauses nun noch einem zusätzlichem Schrumpfungsprozess unterliegen würde. Aber was sollte man machen? Auf Herzigs Seite tut sich nichts. Der endlich auf Arbeit hoffende Zementmischer bleibt ungenutzt und rostet so langsam vor sich hin.

Die Trennwand wurde errichtet und bietet seitdem zumindest teilweise Sichtschutz zum mit Begonien versehenen Müllplatz des Nachbargartens. Und irgendwann im Herbst geschah dann doch das Unfassbare: ein grassierender Virus von Arbeitswut muss Paul und Gundula überfallen haben. Entlang der Grundstücksgrenze wurde gegraben und eine Gründung – das ist wichtig – geschaffen. Im Klartext sah das so aus: Paul schaufelte und schuftete, dass ihm der Schweiß in Bächen aus allen Körperporen entwich, womit das bewässernd der Begonien unnötig wurde. Gundula kam eher weniger ins Schwitzen, da das Erteilen von Anweisungen naturgemäß weniger schweißtreibend ist. Und als dann erst einmal die Gründung stand, ging es Schlag auf Schlag : in den Folgemonaten (wohlgemerkt, es war Winter), wurde ein roter Baumarktbetonpflanzkübel nach dem anderen verbaut, so dass nun auf der einen Seite die Samohtsche Sichtschutzwand stand, auf der anderen die Bataillone roter Pflanzkübel. Dazwischen war – nichts. Und es geschah auch nichts. Wie sollte es auch? Die brachliegende Fläche hinter der Trennwand gehörte ja zu Samohts Grundstück und war für Herzigs damit tabu. Aber eine Augenweide war dieser Streifen nicht (auch wenn Samohts bedingt durch den Sichtschutz davon nichts mitbekamen). Inzwischen nämlich entsprossen aus den Wurzeln der abgesägten Bäume neue Triebe und begrünten diese Fläche. In einer Nacht – und Nebelaktion – also während des Vormittags, als Gundula wie gewohnt dem Schönheitsschlaf frönte, entfernte Horst Samoht den Wildwuchs, ebnete die Demarkationslinie ein und versah die nunmehr gerade Fläche mit einer dicken Schicht Rindenmulch, wohlwissend dass Gundula eine tiefe Abneigung gegen Rindenmulch hat. Aber eben ist die Fläche nun und bereitet den Samohts keine Arbeit. Das wäre ja auch vertane Mühe, da man ja ohnehin nicht hinter den Sichtschutz schauen kann. Sonst würde er seinem Namen auch nicht gerecht werden. So weit, so gut. Aber fehlte da auf der gewonnenen, respektive verloren gegangenen Freifläche nicht doch irgendetwas?

Der Zufall wollte es so. Horst und Karin Samoht hatten eines schönen Sonntags nichts Besseres zu tun, als in die Hauptstadt zu fahren, um dort einen Flohmarkt zu besuchen. Es findet sich bei diesen Gelegenheiten immer etwas herrlich Unnützes. So auch an diesem Sonntag. Beim Vorbeischlendern an einem der aufgebauten Flohmarktstände fielen Horst Samoht eine paar wunderschön kitschige Terrakottafrösche ins Auge – sechs an der Zahl. Und vor seinem geistigen Auge sah er diese künstlerischen Prachtexemplare bereits hinter der Trennwand sitzen und den Herzigs beim Frühstück zusehen. Allein der Preis dieser Kunstwerke trennte den Wunsch noch von der Wirklichkeit. „3 Euro für alle sechs", meinte der Verkäufer auf entsprechende Nachfrage. Ein Angebot, das man beim besten Willen nicht ausschlagen konnte.

In einer weiteren Nacht- und Nebelaktion, also- wie schon erwähnt- während der vormittäglichen Schönheitsschlafphase Gundulas, fanden die Frösche eine neue Heimat: hinter dem Sichtschutz mit freiem Blick auf Herzigs Anwesen, und umgekehrt. Unklar ist, wem der gegenseitige Anblick mehr Freude bereitet.

Es ist wieder einmal Sonntag. Die Sonne lacht, die Vögel zwitschern. Samohts sitzen auf der Terrasse und haben Besuch von Sohn, Schwiegertochter und der 2 1/2 jährigen Enkeltochter Tamika, die von sich selbst behauptet, dass sie gerade einmal halb zwei Jahre alt sei. Während des geruhsamen Nachmittagskaffees erzählt das Ehepaar Samoht genüsslich die unendliche Geschichte über die Errichtung des Sichtschutzes und wie diese nun ein glückliches Ende genommen habe, indem man sechs verwaisten Terrakottafröschen eine neue Heimstatt gegeben hat.

Tamika lauscht interessiert und stürmt dann urplötzlich zur Wand, um einen Blick dahinter zu werfen. „Da sind ja die Frösche, die Opa aufgestellt hat", ruft sie fröhlich und hüpft

kichernd auf der Rindenmulchfläche hin und her in voller Blickrichtung zu Herzigs. Die sitzen ebenfalls beim Sonntagsnachmittagskaffee in ihren klapprigen Gartenstühlen auf der Terrasse, wobei ihr Gesichtsausdruck verrät, dass sie der unbeschwerten Fröhlichkeit der Kleinen nicht zu folgen vermögen.

Wie gesagt, der Waldhöhenweg ist eine ruhige und friedliche Straße. Die Bewohner dieser Straße sind nett und freundlich. Bisweilen jedenfalls.

Die Planungsphase

Es ist spät geworden. Seit Stunden tagt der Vereinsvorstand des „Mittelstädter Kultur- und Geschichtsvereins" bereits am Stammtisch in Günter Wolfsons Lokal. Dieser kann sich das Gähnen nicht unterdrücken. Schließlich muss er am kommenden Morgen wieder früh aus den Federn, um seinen Schlachtereibetrieb am Laufen zu halten. „Könnt ihr vielleicht einmal zum Ende kommen", spricht er den illustren Kreis seiner Gäste an, „ ich will so langsam die Schotten dicht machen." Die so Angesprochenen murren sichtlich entrüstet und weisen darauf hin, dass hier weltbewegende Dinge erörtert und geplant werden. „Lieber Günti", der frisch gewählte Vereinsvorsitzende Sören Seier erhebt sich und schaut den Kneipier ernst über den Rand seiner randlosen Brille an : „Du bist selbst ein Sohn dieser wunderschönen Stadt und dir müsste somit auch sehr daran gelegen sein, dass wir im nächsten Jahr ein ehr- und denkwürdiges Fest feiern. Dafür muss man auch schon mal Opfer bringen. Also – lass das meckern und bring uns lieber noch eine Runde Bier, das fördert den Denkprozess." Sörens Worte werden von den übrigen Vereinsoberen zustimmend unterstützt. Die übrigen- das sind: Hans Billig, der immer dabei ist, wenn es darum geht, sich in den Vordergrund zu rücken, Joachim Flöter, für den das Gleiche gilt sowie Bruno Bader. Als Schatzmeister des jungen Vereins fungiert Daniel Lieberitz. Er ist Steuerberater in Mittelstadt. Der einzige, und somit für das wichtige finanztechnische Amt geradezu prädestiniert. Reinhard Maassen, der Direktor des Gymnasiums hat die Bitte um Mitwirkung im Verein ausgeschlagen. Er möchte mit seinen Schülern ein eigenes Programm auf die Beine stellen und das erfordert sein volles Engagement. Auch der

Parteifreund von Sören, Christian Eichler, seines Zeichens Professor und Dozent an der Hochschul-Außenstelle in Mittelstadt hat den Verein abblitzen lassen- die mediale Wirkung einer solchen Mitgliedschaft erschien ihm seines Amtes unwürdig. Aber Regina Gräulich hat man für das Amt der Schriftführerin und für alles andere, was mit Arbeit verbunden ist, anwerben können. Regina Gräulich, Ehefrau des finanzkräftigen Transportunternehmers Willi Gräulich ist ebenfalls Stadträtin und stets bereit, sich für alles und jenes einzusetzen, wenn man ihr nur die notwendige Aufmerksamkeit schenkt. Und über mangelnde Aufmerksamkeit braucht die aparte Mittelstädterin, die mit ihren weiblichen Reizen nicht eben geizt, in diesem Kreis nicht zu klagen. Dies gilt im besonderen Masse für den Vereinsvorsitzenden, dessen Augen mehr die Bluse von Regina suchen als die Aufzeichnungen in seinem Manuskript.

Wie gesagt, einige Stunden hat die illustre Runde bereits in Günter Wolfsons Lokal getagt und die Eckpfeiler erarbeitet für die bevorstehende Feierlichkeit. Natürlich soll es einen Umzug geben, in dem die langjährige Stadtgeschichte in verschiedenen Bildern dargestellt werden wird. Aber so etwas passiert auch in anderen Orten der Region. Natürlich sollen auch Gesangskünstler auftreten und für gute Stimmung sorgen. Und ein großes Feuerwerk soll es geben. Alles nichts Neues. Die verschiedenen Vereine Mittelstadts werden sich präsentieren, diverse Künstler werden ihre handwerklichen Produkte feilhalten, Tanz- und Showeinlagen wird es geben, damit den Besuchern auch etwas für die Augen geboten wird, während sie ihre Bratwurst verschlingen und dem edlen Gerstensaft zusprechen.

Alles schön und gut – aber stinknormal. Das gibt es bei jedem Dorffest. Nett und unterhaltsam, aber eben nicht der „Brüller", den Mittelstadts Jubiläumsfeier noch braucht.

Viele Vorschläge für eine außergewöhnliche Attraktion haben schon die Runde gemacht- und sind doch wieder verworfen worden. Ein eigenes Theaterstück, dass das Leben im Mittelstadt über die Jahrhunderte hinweg dokumentiert: wer, bitte schön, soll das schreiben? „Das wäre doch eine wunderschöne Aufgabe für Tina Wächter. Die Stadtgeschichte zu erzählen in wunderschönen alten Kostümen", flötet Regina Gräulich in die Runde. Blankes Entsetzen auf den Gesichtern der übrigen Anwesenden und spontane Ablehnung allerseits. Sätze wie: Diese Hupfdohle macht doch immer dasselbe. Das will doch keiner mehr sehen, machen die Runde und gehören eher zu den harmloseren Einwänden. Das also soll es auch nicht sein, das Spektakel, das sich die Verantwortlichen des „Mittelstädter Kultur- und Geschichtsvereins" als besondere Attraktion wünschen.

Hans Billig ergreift das Wort: „Leute, wir müssen etwas finden, dass die Menschen anzieht, sie zum Lachen bringt und vom Hocker reißt. Nichts Altmodisches mit Kostümen und solchem Firlefanz. Das gibt es schon genug. Etwas aus der heutigen Zeit, etwas, das man kennt und das Dinge anspricht, die alle berühren – jung wie alt". Zustimmendes Gemurmel allerseits. Daniel Lieberitz, der schon seit geraumer Zeit mit dem Schlaf kämpft und sich nur noch mühsam am Bierglas festhält, begrüßt ausdrücklich diesen Vorschlag und konkretisiert ihn sogleich: „Liebe Vereinsfreunde, wir haben so viele kluge Politiker bei uns in der Stadt und dem Umland - Landtagsabgeordnete, Bürgermeister, Landrat, Ortsvorstände.

Die sollten auch mal was leisten, sollten mit ins Boot geholt werden. Also, warum veranstalten wir nicht eine Podiumsdiskussion, um aus erster Quelle zu erfahren, wie es mit unserer Stadt weitergeht".

Plötzlich vollständige Stille in der Runde: Regina Gräulich, Sören Seier, Hans Billig, Joachim Flöter – der gesamte Vereinsvorstand schaut den jungen Steuerberater entgeistert an. „Talkrunde zum Stadtfest- mein lieber Daniel. Das geht gar nicht. Die Leute wollen Unterhaltung haben, wollen lachen und die Sau raus lassen. Das Geseiere – Entschuldigung, lieber Sören- unserer Politikdödels wird keiner hören wollen. Vergiss das!" Bruno Baders Worte stoßen auf allgemeine Zustimmung. Und, nachdem er das Bierglas angesetzt hat und einen kräftigen Schluck des kühlen Gerstensaftes in seiner Kehle versenkt hat, fährt er fort: „Aber, lieber Daniel, deine Ausgangsidee ist nicht schlecht. Unsere Lokalschranzen können wirklich mal zeigen, was in ihnen steckt. Nicht sehr viel wahrscheinlich – aber das ist ja gerade der Clou. Ich schlage vor, sie müssen alle ran, um sich zu beweisen: Sylvio Paul, unser Oberbürgermeister, Andreas Weller, der Vertreter unserer schönen Stadt im Landtag, Rudi Rempler, unser Landrat und unsere Ortsvorstände. Wir machen eine Quizrunde, bei der alle ihr spärliches Allgemeinwissen zeigen können. Wer wird Millionär – für Lokalpolitiker. Das haut hin."

Jawoll, das ist es. Die Vereinsoberen hauen spontan ihren Bierkrug auf den Tisch, so dass Günti Wolfson schon um sein Inventar fürchten muss. Joachim Flöter lacht laut auf: „Du bist Klasse, Bruno. Wir haben so viele Flitzpiepen, die uns irgendwann, irgendwie und irgendwo vertreten . Sie erzählen uns auch immer so tolle Sachen, wie sie sich für uns einsetzen, um unser Allgemeinwohl bemüht sind. Sollen sie doch mal zeigen, ob sie überhaupt Grütze im Kopf haben.

Herr Landrat – wie lange dauerte der siebenjährige Krieg? Wahrscheinlich kann er gar nicht mal bis sieben zählen. Das ist es. Ich bin dafür, wir wollen unsere Politiker mal richtig ins Schwitzen bringen. Wer ist noch dafür?" Alle Arme recken sich spontan in die Höhe. Und ebenso spontan stößt man an auf dieses soeben geborene Highlight für das Stadtfest. Sollen sich die Damen und Herren Politiker bei der Präsentation ihres Allgemeinwissens ruhig blamieren. Das Publikum wird Spaß daran haben. Und Moderator der ganzen Geschichte ? Niemand anders als Sören Seier kommt hierfür in Frage. Der allerdings schwankt etwas beunruhigt auf seinem Stuhl hin und her. Es sind ja seine Parteifreunde letztlich, die er dem Gespött der Menge ausliefern soll. Aber wenn`s der Sache dient? Er willigt ein. Und damit steht das Programm für das Stadtfest. Beruhigt und beschwingt kann man den Heimweg antreten, während Günter Wolfson mit leicht verschmitztem Lächeln die Hinterlassenschaft der Runde beseitigt.

Zoff im Kochstudio

Regina Eichler betreibt in der Nähe des Mittelstädter Rathauses einen kleines aber feines Spezialitätengeschäft- und das mit voller Innbrunst. Bereits mehrfach ist ihr Laden wegen des exquisiten Warenangebotes regional als auch überregional ausgezeichnet worden. Reich werden kann sie durch ihr Geschäft nicht. Will sie auch nicht, da ihr Ehemann Christian als Dozent das notwendige Geld für den familiären Lebensunterhalt nach Hause bringt. Aber Aufmerksamkeit erregen möchte sie schon. Ihr Lebensinhalt besteht in weiten Teilen im Vertrieb der feinsten und ausgesuchtesten Spezialitäten. Und etwas von der nouvelle cuisine möchte sie der Mittelstädter Bevölkerung schon überbringen – auch wenn diese weitgehend den längeren Weg zum Einkaufszentrum auf sich nimmt, um dort möglichst günstig die notwendigen Lebensmittel für den Hausgebrauch zu erwerben.

Regina Eichler ist ehrgeizig. Was sie sich in den Kopf gesetzt hat, will sie auch erreichen. Wenn auch zierlich von Gestalt, sprüht sie doch vor Tatendrang und Inspiration. Und so verkauft sie nicht einfach nur Hummer, Kaviar, Champagner, Trüffelspezialitäten und all die anderen Köstlichkeiten, die einem ausgewiesenen Gourmet das Wasser im Munde zusammenlaufen lassen. Sie will mehr, sie will den Mittelstädtern nahebringen, woher ihre ausgesuchten Spezialitäten kommen, wie man sie zubereitet und serviert und mit welchem Genuss man sie schließlich verspeist. Zu diesem Zweck veranstaltet sie regelmäßige Kennenlernabende, wobei der Abstand zwischen den einzelnen Abenden immer kürzer wird. Ein Umstand, der nicht nur mit viel zusätzlicher Arbeit verbunden ist, sondern zunehmend auch ihre ursprüngliche Gelassenheit in leichte Anfälle von Gereiztheit mutieren lässt. Aber – von nichts kommt nichts- so ist halt ihre Devise.

Ihre Kennenlernabende kündigt sie regelmäßig durch Plakate, Prospekte und Hinweise im städtischen Amtsblatt publikumswirksam an, wie auch ihre eingeladenen Gäste. Zumeist Produzenten der hochpreisigen Lebensmittel, Winzer, Delikatessengroßhändler, auch mal einen Sterne-Koch, alles Persönlichkeiten, die diese ungewohnte Plattform sehr gerne nutzen, um sich und ihre Produkte einer ausgewählten und vermutlich auch zahlungskräftigen Zuhörerschaft schmackhaft zu machen. So weit, so gut.

Und dann gibt es in Mittelstadt noch einen kleinen, nicht minder exquisiten Klub von Kochfreunden mit stark sozialem Engagement. Ins Leben gerufen von ihrem Ehemann Christian, der schon früh für die Kochkunst schwärmte und sich neben seiner professoralen, eher spröden Tätigkeit, auch in der Vergangenheit schon als Verehrer und Förderer der Vertreter kulinarischer Eliten verstanden hat. Der Klub hat sich den vielversprechenden Namen „Leben und Essen in Mittelstadt" gegeben und zählt derzeit 23 Mitglieder, von denen allerdings kaum mehr als eine Handvoll die monatlichen Klubabende in Reginas Geschäft besuchen. Sie stellt ihre Räumlichkeiten gerne für diese Zwecke zur Verfügung. Nicht ganz uneigennützig, profitiert sie und ihr Laden doch auch zumindest indirekt vom Klubgeschehen. In einem Städtchen wie Mittelstadt spricht es sich schnell herum, wo was stattfindet, insbesondere, wenn es sich um eine Einrichtung handelt, die gerne auch sozialen Zwecken zur Verfügung steht. Bei dem Klub „Leben und Essen in

Mittelstadt" ist dies unzweifelhaft der Fall. Denn neben einigen kleineren Auftritten veranstaltet der Klub einmal im Jahr ein großartiges Kochevent – auch dies natürlich in Reginas Laden. Hierfür wird die Werbetrommel kräftig geschlagen, bedeutende Köche der Region eingeladen, die ihre Kochkünste unter Beweis stellen. Presse und örtliches Regionalfernsehen werden heiß gemacht, damit auch eine ausreichende Berichterstattung erfolgt und betuchte Bürger eingeladen, die die von den Experten gezauberten Köstlichkeiten zu einem möglichst angemessenen Preis an diesem Abend auch erwerben und verspeisen sollen. Das Ganze in gemütlicher Atmosphäre mit erlesenen und entsprechend teuren Getränken sowie angenehmer Musikuntermalung.

Ein jährliches Ereignis, dass von den Mittelstädtern angenommen wird, zumal der Erlös des jeweiligen Abends nicht in die Taschen der Klubmitglieder fließt, sondern Kinder- und Jugendeinrichtungen zugutekommt oder anderen wohltätigen Zwecken. Insbesondere das Kochevent im letzten Jahr war ein großartiger Erfolg. 6 Köche hatten sich bereitgefunden, ihr Können in den Dienst der guten Sache zu stellen. Einfach war es nicht gewesen, die gestandenen Künstler ihres Faches an dem Tag des großen Ereignisses unter einen Hut zu bekommen. Die Vorsitzende des Klubs, Gisela Klein-Wilde hatte sehr viel zu organisieren, zu telefonieren, Gespräche zu führen, unterstützt von ihrem Mann Henning Wilde. Anders als seine Frau, die noch einen voll ausgelasteten beruflichen Alltag hat , ist Henning seit einiger Zeit Rentner und konnte sich ohne zusätzlichen Arbeitsdruck mit vollem Engagement auf das Kochspektakel vorbereiten, die Vita der Eingeladenen studieren, die geplanten Gerichte eruieren und sich auch sonst für die Interessen des Klubs einsetzen. Und auch die übrigen Klubmitglieder, so sie denn überhaupt am aktiven Geschehen teilnehmen, packten kräftig mit an. Auch Regina, die sich mehr oder weniger für das „marketing" verantwortlich zeigte, mit Hennings Hilfe Prospekte und Broschüren entwarf und drucken ließ, dabei peinlichst darauf achtend, dass ihr Geschäft auch gebührende Beachtung erfuhr. Warum auch nicht ? Solange der Klub die volle Unterstützung erfuhr, sprach nichts dagegen.

Dann also der herbeigesehnte Abend: Reginas Geschäft war zum Bersten voll, besucht von erwartungsfrohen Mittelstädtern und stolzen Kochkünstlern. Henning Wilde stellte jeden von ihnen mit ganz persönlichen Worten vor und beschrieb die geplanten Gerichte in einer Weise, dass den

Gästen schon vor Vorfreude das Wasser im Mund zusammenlief. Jeder von ihnen zauberte schließlich ein wunderbares Menü, das jeweils an den Meistbietenden veräußert wurde. Dazu die erlesenen Getränke. Unter dem Strich verblieb letztlich für den Klub ein Reingewinn von fast 3000 Euro. Viel Geld für den angestrebten guten Zweck.

Kein Wunder, dass die Klubmitglieder wie selbstverständlich Gisela und Henning mit der Planung und Gestaltung des diesjährigen Kochevents erneut beauftragten, was diese auch bereitwillig annahmen in der Erwartung, dass alle- naja die meisten von ihnen – wieder zur Hand gehen würden bei der umfangreichen Gestaltung und Vorbereitung. Doch es sollte anders kommen, ganz anders. Allein der Oberbürgermeister, der ebenfalls dem erlauchten Klub angehört, glänzte auf den Klubabenden regelmäßig durch Abwesenheit. Als Entschuldigung gab er ebenso regelmäßig Terminüberschneidungen an, auch wenn die Termine der Klubabende auf Monate hinaus feststehen.

Sein Stellvertreter, der äußerste beredte, gleichwohl aber nichtssagende Stadtrat Wolfgang Pappig nahm zwar an einigen Klubabenden teil, nutzte diese allerdings für langatmige, inhaltsleere Erläuterungen und zog sich, sobald es darum ging, dass er eine Aufgabe übernehmen sollte, auf unterschiedliche Ausflüchte zurück. Diese vorbildhafte Vorgehensweise erschien auch weiteren Mitgliedern von „Leben und Essen in Mittelstadt", geeignet, allein an den Gesprächen und auch anspruchsvollen Essen, die die Klubabende auflockerten, teilzunehmen. Das war´s dann aber auch. Arbeit macht das Leben süß, heißt es zwar in einem bekannten Sprichwort. Aber man konnte sich des Eindrucks nicht erwehren, dass ein nicht zu unterschätzender Teil der Mitglieder Angst davor hatte, durch allzu viel Süßes Schaden an ihrer Gesundheit zu nehmen und deshalb lieber auf die Arbeit verzichtete.

Und dann gibt es ja auch noch den sattsam bekannten Part des Mitgliederstammes, den jeder Verein nur zu gut kennt: die Karteileichen, von denen man nur deshalb annimmt, dass sie tatsächlich existieren, weil der monatliche Mitgliedsbeitrag beim Schatzmeister regelmäßig eingeht.

Kurz und gut- oder besser gesagt, eher weniger gut. Den schwarzen Peter hatten Gisela und Henning, und dort blieb er auch, verstärkt durch den Druck, den Regina und in gewisser Weise auch Christian auf die beiden ausübten, weil sie rechtzeitig die Werbung für das diesjährige Kochevent in Reginas Räumlichkeiten ankurbeln wollten. Was zweifellos sinnvoll erschien. Dazu benötigten sie von den beiden: die Namen der teilnehmenden Köche, ihren Lebenslauf mit Angabe der erhaltenen Preise und Auszeichnungen, ihre jeweiligen Spezialgerichte und Hinweise, in welche Richtung sich ihre diesjährige Menüfolge erstrecken werde. Aber natürlich alles fein säuberlich vor- und überarbeitet, also praktisch „druckreif".

Über Wochen hinweg waren Gisela und Henning damit beschäftigt, wie heißt es so schön: „die ihnen übertragenen Aufgaben zur allseitigen Zufriedenheit auszuführen." Im Klartext: sie suchten die Spitzenköche aus, die für das Event geeignet erschienen und die ohne große finanzielle Interessen bereit waren, sich an einem guten Zweck zu beteiligen. Sie führten mit ihnen unzählige Telefonate, suchten die geeigneten

Meister ihres Faches persönlich auf, zum Teil mehrmals, führten Gespräche mit ihnen, die bisweilen tief ins Fachliche gingen, recherchierten ihren kochkunsthistorischen Background und, und, und.

Zuletzt lag das ganze Material fristgerecht vor : dieses Mal hatte man 8 Sterneköche überreden können, die sich unter Hintanstellung eigener Termine am geplanten Tag des Kochevents in Mittelstadt für die gute Sache des Klubs einbringen wollten, hatte Skizzen erarbeitet, Lebensläufe erstellt, Schaubilder gefertigt , Vorstellungstexte entworfen. Alles kein einfaches Unterfangen, wenn man weiß, dass Kochkünstler eben auch Künstler sind, mit allen ihren Eigen- und Besonderheiten. An manchen Abenden dreht sich bei Gisela und Henning alles nur noch ums Kochen. Der Aufwand? Es mögen 250 Stunden gewesen sein, eher mehr, die die Klubvorsitzende und ihr Mann in die Vorbereitung gesteckt haben. Eigentlich eine dankenswerte Investition, so sollte man meinen.

Henning wird unruhig. Seit Übergabe der schriftlichen Unterlagen an Regina sind Wochen vergangen. Wiederholt war er bei ihr, hat darauf hingewiesen, dass die Werbung angekurbelt werden müsse, Plakate gefertigt, Broschüren wie im letzten Jahr rechtzeitig vor dem Event verteilt werden müssten. Regina vertröstet. Ihr Geschäft gehe vor. „Der Helgoländer Hummer – eine Legende stirbt aus"- das Referat eines führenden Fischhändlers müsse vorbereitet werden. Und dann erwarte sie ja noch einen ehemaligen hochrangigen Politiker, der nunmehr in der Toscana ein Weingut betreibt. Mit ihm werde es eine köstliche Verkostung seiner Weine geben. Beide Veranstaltungen habe sie ja groß angekündigt, auch im Stadtblättchen. Habe da nicht schon was gestanden vom Kochevent? Naja- vorletzte Ausgabe, und eher als Randnotiz. Aber immerhin doch.

Die Tage vergehen. Bis zum Schautanzen der Kochgötter ist es nur noch eine Woche hin. Henning ist ziemlich verzweifelt, als bei ihm das Telefon läutet. Regina in ihrer beschwingten Art und Weise teilt mit, dass die Broschüre praktisch fertig sei, es müssen nur noch ein paar kleinere Änderungen vorgenommen werden, da der Werbeteil für ihr eigenes Geschäft etwas größer als geplant ausfalle. Damit seien er und Gisela doch einverstanden. Eine Antwort erwartet sie nicht als sie fortfährt, dass am Mittwoch noch ein Gast bei ihr auftrete, der die „Vegan-Box" vorstellen werde. Sie erwäge nämlich, auch diese Produkte künftig in ihr Sortiment aufzunehmen. Am Donnerstagabend können er und Gisela dann aber kommen und das Ladenlokal für das Kochevent vorbereiten, die ganze Vorbereitung erfordere doch schließlich Aufwand und Zeit, die sie nicht habe. Tschüss und viele Grüße.

Henning schaut bereits am Donnerstagmorgen bei Regina vorbei. Er hält das frische Amtsblatt vom gestrigen Tag in den Händen mit der Ankündigung, dass am Freitag ein Kochevent des Klubs „Leben und Essen in Mittelstadt" von 18.30 Uhr bis 19.30 Uhr bei ihr stattfinden werde. Anschließend seien alle Gäste eingeladen, an einem spannenden Gespräch zwischen Landwirten über artgerechte Tierhaltung in der Region teilzunehmen, der absolute Höhepunkt des Abends. Henning muss sich sehr zurückhalten, als er Regina um Auskunft bittet, wie es zu diesem Artikel gekommen sei. "Das weiß ich doch nicht. Ich gebe nur Informationen an das Rathaus weiter. Was die daraus machen, kann ich nicht beeinflussen. Und – was der

Klub „Leben und Essen in Mittelstadt" veranstaltet, geht mich doch nichts an. Das ist dann doch Sache deiner Frau als Klubvorsitzende. Ich habe mit meinen Dingen genug zu schaffen", antwortet Regina ein wenig schnippisch und fährt dann fort: „Ach, übrigens, die Broschüre ist fertig. Willst Du sie mitnehmen, um sie zu verteilen?"

Henning will nicht. Er will nur nach Hause, um sich zu ärgern. Nicht aber, ohne zuvor am Rathaus vorbeizuschauen und mit der Verantwortlichen für das Amtsblatt zu sprechen, die allerdings gerade heute nicht anwesend ist. Von dritter Seite erfährt er, dass man selbstverständlich im Rathaus nicht selbstherrlich Artikel verfassen oder verändern werde. Es werde nur das ins Amtsblatt gesetzt, was auch zur Veröffentlichung freigegeben werde.

Am Vorabend des geplanten Kochevents erscheinen dann Gisela und Henning pünktlich in Reginas Geschäft. Auch Christian ist da. Die Begrüßung der beiden Ehepaare verläuft umgekehrt proportional zu den draußen herrschenden hochsommerlichen Temperaturen. Christian wendet sich auch gleich ab, zwei Stühle unter dem Arm, um diese irgendwo im Raum zu platzieren. „Warte bitte mal", Henning versucht, Christian aufzuhalten: „ bevor wir hier alles umbauen, gibt es – meinen wir – noch ein paar Dinge zu besprechen. Wir fühlen uns doch ein wenig vor den Kopf gestoßen durch das, was in der letzten Zeit geschehen ist. Woher sollen denn unsere Gäste kommen, wenn sie gar nicht so recht wissen, dass hier ein Exquisites Kochevent unseres Klubs „Leben und Essen in Mittelstadt" stattfindet? Warum gibt es keine Plakate, wie im letzten Jahr? Und warum liegt der Prospekt erst jetzt vor, einen Tag vor unserem Kochevent". Christian stellt die Stühle ab und geht auf Gisela und Henning zu: „Bin ich denn Vorsitzender des Klubs? Oder Regina ? Wir sind hier, um den Raum vorzubereiten, nicht um lange zu diskutieren. Wenn euch das nicht passt, dann könnt ihr ja gehen."

Gisela und Henning schauen sich ein wenig überrascht an. War es das mit der ganzen Vorbereitung? Offenbar schon, denn weder Christian noch Regina machen Anstalten, mit den beiden noch sprechen zu wollen. Die Aufforderung scheint hingegen unmissverständlich zu sein und Gisela und Henning tun, wie Jörg ihnen geheißen: sie verlassen Reginas Geschäft.

Über das Ergebnis des Kochevents wird in der nächsten Klubversammlung diskutiert werden – ohne Gisela und ohne Henning.

Die „Waldhöhenweger", Teil 3

Der Waldhöhenweg ist eine friedliche und ruhige Straße. Die Bewohner sind freundlich und zuvorkommend. Bisweilen jedenfalls. Ich erwähnte das bereits.

Heute steht ein Möbelwagen vor dem Reihenhaus Nr. 6. Ein Umzug steht an. Nicht der erste, denn das Eckreihenhaus in der Kurve scheint seinen Bewohnern wenig Glück zu bringen. Ebenfalls auf neue Bewohner wartet das gegenüberliegende Haus mit der Nr. 9. Doch das hängt ganz eng zusammen mit dem Haus Nr. 6. In welcher Weise? Nun ja, darum geht es ja in dieser Geschichte.

Also zurück zu Haus Nr. 6. Bauherren waren ursprünglich Frau Dr. Sophie und Herr Dr. Klaus Berger, denen das Haus auch noch gehört. Beides Meteorologen, die in der nahegelegenen Landeshauptstadt in ihrem Metier eine gute Stelle gefunden hatten und hofften, nach getaner Arbeit in der Beschaulichkeit des Waldhöhenweges Ruhe und Entspannung finden zu können. Das ging auch eine Weile gut so, bis ihnen an einer fern gelegenen Universität lukrative Dozentenstellen angeboten wurden. Diesem Ruf konnten sie nicht widerstehen und siedelten um. Ihr Haus im Waldhöhenweg wurde vermietet. Die Mieter, eine junge Familie, hielt aber sehr wenig davon, für die zur Verfügung gestellte Wohnunterkunft auch noch einen monatlichen Obolus entrichten zu müssen. Diese Einstellung führte dazu, dass ihr Aufenthalt im Waldhöhenweg von eher kurzfristiger Dauer war.

Nicht anders verlief es mit den Nachfolgemietern. Die zahlten zwar, auch pünktlich. Meinten aber, dass sie dadurch auch das Recht erkauft hatten, mit dem Bergerschen Eigentum nach

Belieben verfahren zu können. Es dauerte nicht lange und das schmucke Endreihenhaus bot das Bild einer Verwahrlosung. Die Eigentümer waren darüber nicht gerade erfreut und setzten alle Hebel in Gang, um das Mietverhältnis zu beenden, zumal die übrigen Waldhöhenweger eindeutig zu verstehen gegeben hatten, dass sie auf derartige Mitbewohner in ihrer Straße gerne verzichten würden.

Mit viel Aufwand stellten Herr und Frau Berger den ursprünglichen Zustand ihres Hauses wieder her und wagten einen neuen Anlauf. Und tatsächlich: es fanden sich schnell neue Mieter, vermeintlich ordentlich und solvent. Beide im Staatsdienst bei der Polizei tätig. Beide hatten erst kurz zuvor geheiratet und waren in die Großstadt versetzt worden. Was kann man sich als Vermieter Besseres wünschen als ein glückliches, frisch vermähltes Ehepaar. Petra und Heinz Hempel zogen also ein mit ihren vier Kindern. Also genau genommen, mit einem gemeinsamen Kind. Petra war zuvor schon dreimal verheiratet gewesen und hatte aus jeder Ehe ein Kind mit in die neue Verbindung gebracht. Und vier Kinder fordern eben auch. Ein Umstand, den Hempels dadurch Rechnung trugen, dass beide nur verkürzt arbeiteten, um genügend Zeit für den Nachwuchs zu haben. Petra arbeitete in Teilzeit in der Polizeiverwaltung und Heinz im Außendienst zumeist dann, wenn Petra zu Hause war. Das war auch gut so, denn dadurch traf man nicht übermäßig häufig in den häuslichen Gefilden aufeinander, was vor allem Heinz sehr zu schätzen wusste. Dazu muss erwähnt werden, dass Petra eine körperlich zwar eher zierliche Person ist, sie aber andererseits durchaus in der Lage ist, ihre Interessen vehement zu vertreten und dies gewöhnlich nicht im Flüsterton. Mit anderen Worten: der eher etwas ruhige und auf Ausgeglichenheit bedachte Heinz, geprägt von der Ruhe und Beschaulichkeit seiner mittelgebirgischen Heimat, lebte nunmehr zusammen unter einem Dach mit vier Kindern, die sich an Lautstärke und ausufernder Lebendigkeit ständig zu überbieten schienen und einem eigenen häuslichen Drachen. Konnte das gut gehen? Es konnte, zunächst jedenfalls. Denn Heinz legte Hand an, kümmerte sich rührend um den Nachwuchs , errichtete zum Beispiel mit ihnen ein aufwändiges Spielehaus im Garten mit Aussichtsplattform, fuhr in seiner Freizeit mit ihnen umher und erklärte ihnen die Natur, ließ sich bei Gesellschaftsspielen als regelmäßiger Verlierer verhöhnen und fand noch Zeit, den Gören das ihnen gerade genehme Essen auf den Tisch zu stellen.

Es kam der erste Knacks in der Beziehung. Eines schönen Morgens, als Heinz etwas übernächtigt auf seiner Arbeitsstelle erschien, legte ihm einer seiner Kollegen die Tageszeitung mit den vier großen Buchstaben auf den Tisch. Wortlos. Er schaute auf die Zeitung und blickte in das Gesicht seines 10jährigen Sohnes, respektive, des 10jährigen Sohnes Benjamin seiner Ehefrau. In anrührenden Worten wurde dort beschrieben, dass der arme Junge ein tristes Leben führen müsse, weil sein leiblicher Vater keinen Unterhalt für ihn zahle. Seine Mutter kämpfe zwar verzweifelt um die dem Sohn zustehende monatliche Zuwendung. Die aber bleibe aus. Der Vater des Kindes verstecke sich hinter einer angeblichen Zahlungsunfähigkeit und würde überdies auch kein Interesse an der Entwicklung und Ausbildung seines Sohnes zeigen.

Eine in jeder Hinsicht ans Herz gehende Geschichte. Mit der einen, kleinen fatalen Besonderheit, dass sie nicht zutraf, wie Heinz nur zu gut wusste. Benjamins Vater hatte nach der

Trennung von Petra sein Haus veräußern müssen, um Petras finanzielle Ansprüche, auch im Hinblick auf den gemeinsamen Sohn befriedigen zu können. Ungeachtet dessen hatte Petra ihm den Umgang mit Benjamin untersagt, obwohl er wiederholt versucht hatte, mit seinem Sohn Kontakt aufzunehmen. Hinzu kam, dass er nach der Scheidung seine Arbeit verloren hatte und auf staatliche Unterstützung angewiesen ist. Heinz war entrüstet, vor allem auch darüber, dass weder seine Frau noch Benjamin ihn vom Pressetermin unterrichtet hatten. Es ist nicht seine Art, laut zu werden. An diesem Abend wurde er es. Im Waldhöhenweg war dies nicht zu überhören.

Am Tag darauf, als er mit den Kindern zu Hause war, wurde er von Johannes Thiessow, der zusammen mit seiner Ehefrau Hildegard im Vorgarten hantierte, auf die Vorgänge des vergangenen Abends angesprochen. Das Ehepaar Thiessow wohnte schräg gegenüber im Haus Nr. 9, ebenfalls zur Miete und ebenfalls seit nicht allzu langer Zeit. Er, ein nicht unbedingt erstrebenswerter Nachbar, der mit seiner neugierigen , aufdringlichen und bisweilen verletzenden Art schon mehrfach im Waldhöhenweg für Unmut gesorgt hatte. Alles musste er wissen und hinterfragen. Und wenn ihm irgendetwas zuwiderlief, dann gab er dies auch zu verstehen. Laut und unmissverständlich. Das führte dazu, dass die unmittelbare Nachbarschaft die Köpfe einzog, sich in ihren Häusern verkroch und innehielt, wenn sie seiner nur ansichtig wurde. Zum Glück war dies nicht sehr häufig der Fall, da er selten zu Hause war. Er hatte etwas außerhalb von Mittelstadt einen Kleingarten geerbt, in dem er sich im Wesentlichen aufhielt, während seine Frau- das ganze Gegenteil von ihm, ruhig, ausgeglichen, fast scheu -   die Wohnung im

Waldhöhenweg bewirtschaftete. Wesentlich jünger als er, arbeitete sie an vollen Tagen und zwar im Schichtdienst im Krankenhaus. Wegen ihrer Nachtschichten hatte sie von der vorangegangenen Auseinandersetzung im Hause Hempel nichts mitbekommen.

Heinz verspürte keinerlei Veranlassung, Johannes Thiessow oder seiner Ehefrau Rechenschaft darüber abzugeben, was sich gestern bei ihm zu Hause abgespielt hatte. Seine Nachbarn ging dies überhaupt nichts an. Obwohl - so wie Hildegard ihn ansah, ruhig, verständnisvoll, vielleicht sogar ein wenig mitleidsvoll - ihr gegenüber hätte er sich möglicherweise doch geöffnet, hätte versucht , sein derzeit angeknackstes Innenleben zu offenbaren. Dem aber stand Johannes im Wege.

Die Resonanz auf den Zeitungsartikel war groß. Benjamin schwamm auf einer Mitleidswoge. Sowohl in der Schule als auch im Freundeskreis wurde er bedauert wegen seiner schwierigen Situation. Und Petra schwamm als ehemals angeblich unterdrückte und ausgebeutete Ehefrau auf dieser Woge mit. Ein öffentliches Dementi war kaum angebracht und so zog sich Heinz in sich selbst zurück. Auch seinen Kollegen gegenüber hielt er es nicht für angebracht, Erklärungen abzugeben. Er versah seinen Dienst, pflichtbewusst und ordentlich und er kümmerte sich um die Kinder, ebenso pflichtbewusst und ordentlich. Seiner Frau ging er aus dem Weg, soweit dies möglich war.

Eines schönen Tages, als er den Kinderdienst versah, klingelte es an der Tür. Der Postzusteller fragte, ob er bereit sei, ein Paket für Frau Thiessow entgegenzunehmen. Er war es. Und als er sah, dass Hildegard Thiessow , offenbar nach einem

Einkauf, ihre Haustür aufschloss, brachte er es zu ihr. So kamen die beiden ins Gespräch. Bei diesem Gespräch blieb es nicht. In der Folgezeit fand man immer wieder Gelegenheiten, sich auszutauschen und Heinz genoss es, dass es jemanden gab, der ihm zuhörte. Hildegard ihrerseits erging es nicht anders. Sie erlebte ihren Mann, so er mal zu Hause war, nur noch nörgelnd und schimpfend. Auch ihr tat der nachbarschaftliche Gedankenaustausch gut. Aber, wie so häufig im Leben, blieb es nicht bei dem bloßen Austausch der Gedanken, was ja nicht weiter schlimm gewesen wäre. Man kam sich näher, immer näher und tauschte bald auch Gefühle aus, Zärtlichkeiten, die sie in ihrem eigenen Umfeld wohl vermisst hatten.

Die häufigen Besuche von Heinz bei Hildegard blieben der Nachbarschaft nicht verborgen. Und drangen irgendwann auch mal an Petras Ohren. Und das führte dazu, dass der gewöhnlich ruhige Waldhöhenweg – für kurze Zeit jedenfalls – aus seiner beschaulichen Ruhe gerissen wurde. Petra hatte Spätdienst, als sie sich entschloss, nachzuprüfen, ob etwas dran sei an den Gerüchten über ihren Mann und der schweigsamen Nachbarin von gegenüber. Sie fuhr ohne Ankündigung nach Hause, fand dort jedoch nur die vier Kinder vor, teils schlafend, teils vor dem Fernseher sitzend. Papa sei noch einmal weggegangen, sagten sie. Aber wohin, das wüssten sie auch nicht. Aber Petra wusste es, oder ahnte es zumindest. Sie stürmte auf die andere Straßenseite, klingelte Sturm bei Thiessows. Niemand öffnete. Sie schlug mit ihren Fäusten gegen die Tür. Im ersten Stock bewegte sich der Vorhang und Petra vermeinte, die Silhouette ihres Mannes zu erkennen. Sie rief nach ihm, vorsichtig erst, dann lauter und schrie letztlich so laut, dass beim besten Willen niemand in der Straße dieses Geschrei überhören konnte. „Komm endlich raus, du Schwein", kreischte sie, „warte bloß ab, dann wirst du dein blaues Wunder erleben." Heinz wollte kein blaues Wunder erleben. Er blieb und hoffte wohl, dass seiner Frau die Puste ausgehen würde. Tat sie aber nicht. Viel mehr noch, Petra rief ihre Kollegen zu Hilfe, die ja auch die Kollegen ihres Mannes waren. Geraume Zeit später bogen die Ordnungshüter mit Blaulicht und Sirene und mit zwei Streifenwagen in den Waldhöhenweg ein. Die übrige Nachbarschaft zog es vor, sich in dieses Geschehen nicht einzumischen sondern aus sicherer Distanz die weiteren Ereignisse vom heimischen Fenster aus zu beobachten.

„Herr Hempel, so kommen sie doch raus," versuchten die Beamten Heinz zum Verlassen des Nachbarhauses zu bewegen. Als dies nichts half, wurden die Kollegen persönlicher: „Heinz, das bringt doch alles nichts. Beruhige dich, es passiert doch nichts. Also komm, und alles wird gut". Beruhigen wollte sich Heinz nicht, rauskommen noch viel weniger, weil er seine Frau kannte und wusste, dass sehr wohl etwas passieren würde. Der Hinweis mit dem „Blauen Wunder erleben" war deutlich genug.

Als er merkte, dass seine Kollegen Anstalten machten, auf die andere Seite des Hauses zu gelangen, beschloss er, schneller zu sein als sie. Er stürmte die Treppe herunter ins Wohnzimmer der Thiessows, öffnete die Terrassentür, vergewisserte sich, dass sich dort niemand befand und lief im Schutz der Büsche und Sträucher der kleinen Reihenhausgärten in Richtung des nahen Waldes. Einige Zeit lang konnte er noch die Stimmen seiner Kollegen, die offenbar versuchten, ihm zu folgen, vernehmen. Dann wurde es still, die Verfolgung machte keinen Sinn und wurde abgebrochen. Auch der Einsatz wurde beendet: „Es ist ja nichts passiert, „ verabschiedeten sich die Kollegen von Petra, und „Ehebruch ist nun mal kein Kriminaldelikt. Das müsst ihr schon unter euch ausmachen."

Heinz wurde im Waldhöhenweg nur noch einmal gesehen, als er seine persönlichen Sachen abholte. Man munkelt, er habe sich zurückversetzen lassen ins Gebirge, aus dem er kommt. Dort soll er einen kleinen Außenposten übernommen haben. Thiessows sind kurze Zeit nach diesem Vorfall ausgezogen. Wohin, weiß niemand. Das Reihenhaus Nr. 9 auf dem Waldhöhenweg steht seitdem leer . Und das wird bald auch für das Haus Nr. 6 gelten. Wieder einmal. Ein Möbelwagen steht vor dem Haus und die Möbelpacker sind damit beschäftigt, die Habseligkeiten von Petra auf der Ladefläche zu verstauen. Weit werden sie nicht fahren müssen, denn Petra bleibt in Mittelstadt. Ihr neuer Freund nimmt sie bei sich auf – sie …. und ihre vier Kinder.

Der stumme Flügel

Die Dämmerung ist über Mittelstadt eingebrochen. Um diese Zeit wirkt die Stadt wie ausgestorben. Fast. Denn ab und zu sieht man doch noch ein paar Fußgänger durch die Straßen und Gassen gehen. Zügig, wenn sie auf dem Weg von der Arbeit nach Hause sind oder gemütlich, wenn sie nur noch ein bisschen die laue Abendstimmung genießen oder sich einfach nur ablenken wollen.

Einer dieser Fußgänger ist Fritz Milz. Er hat die Redaktionsräume des „Mittelstädter Boten" verlassen und geht geradewegs über den Marktplatz in Richtung des Rathauses. Er gehört in diesem Moment zu keiner der vorgenannten Gruppierungen, sondern er ist beruflich unterwegs. Im Rathaus findet heute um 19 Uhr die Eröffnung einer Kunstausstellung statt. Mittelstadt ist eine sehr kunstsinnige Stadt, in der auch einige durchaus anerkannte Maler leben und arbeiten. Der Stadt ist es eine Ehre, einem der bekanntesten und angesehensten von ihnen eine angemessene Vernissage bieten zu können mit musikalischer Begleitung selbstverständlich. Und das durch einen ebenfalls namhaften Pianisten, der auf dem im Ratssaal befindlichen edlen Flügel spielen wird. Musik und Malerei sind eigentlich nicht das Metier von Fritz Milz. Aber der „Mittelstädter Bote" ist nun mal eine kleine Zeitung. Und da muss man als Reporter für alle Belange einsetzbar sein, zumal dann, wenn der Dienstplan das so vorsieht. Er wird auch diese Veranstaltung überstehen, wie er schon so vieles überstanden hat in dieser Stadt.

Fritz Milz kennt die Geschichte dieses Flügels. Eigentlich gehört er zur Ausstattung des Kulturhauses, in dem sich auch die Musikschule Mittelstadts befindet und der maßgeblich durch die Stadt getragene Kulturförderverein. Dieser gestaltet letztlich auch das Programm des Kulturhauses: hier finden Theaterstücke statt, Tanzveranstaltungen, Musik- und Showdarbietungen, Lesungen, Karnevalssitzungen, Feuerwehrbälle und viele andere Dinge, die zur Unterhaltung der Mittelstädter beitragen . Und, in regelmäßigen Abständen, werden ausgewählte Konzerte geboten mit namhaften Interpreten. Eine Veranstaltungsreihe, die weit über die Stadtgrenzen hinaus sich einen Namen gemacht hat.

Fritz Milz weiß auch, dass es diese Konzertreihe ohne das Engagement eines Mittelstädter Mitbürgers nicht geben würde: Wolfgang Denke. Ihm ist die Idee für diese Reihe gekommen und er hat sie stets gegen Widerstände und Bedenken, die meist finanzieller Natur waren, durchgesetzt, verteidigt, geplant und organisiert. Wolfgang Denke ist kein einfacher Mensch. Wohl aber ein Mensch, der für die Musik lebt. Das war schon früher so, als er noch als Musiklehrer am städtischen Gymnasium tätig war. Perfektionist, der er ist, verlangte er dies auch von seinen Schülern. Sein Wort war Gesetz, Widerworte ließ er nicht zu und Trägheit oder Nachlässigkeit schon gar nicht. Er erwartete viel von seinen Schüler, zu viel, wie nicht wenige meinten. Sein Beliebtheitsgrad hielt sich daher auch sehr in Grenzen.

Nach dem Eintritt in den Ruhestand änderte sich das nicht. Jetzt kämpfte er mit aller Macht für seine Konzertreihe, erschien unangemeldet bei den Lokalpolitikern, um sie von der Einzigartigkeit seiner Idee zu überzeugen, schrieb Massen von kaum lesbaren handschriftlichen Gesuchen an übergeordnete Stellen, Landespolitiker und Minister und versuchte, auch die

Medien auf seine Seite zu ziehen. Fehlende Mittel waren kein Argument für ihn: „Für die Kunst, insbesondere die Musik, muss Geld vorhanden sein oder eben aufgetrieben werden, basta!" Seine Hartnäckigkeit hatte Erfolg. Und so entstand unter seiner Regie eine Institution, die Mittelstadt in eingeweihten Kreisen auch überregional bekannt machte.

Doch Wolfgang Denke wäre nicht er selbst, wenn er damit zufrieden gewesen wäre. In seinen Augen, besser: für seine feinsinnigen Ohren war die Akustik im Kulturhaus unterirdisch. Für die örtliche Blasmusikkapelle mochte es ja noch angehen. Aber namhafte Solisten und Sängerinnen und Sänger der klassischen Musik mussten sich gedemütigt fühlen, im Kulturhaus, in dieser großen Markthalle – so Denkes Einschätzung – zu singen und zu spielen. Er suchte folgerichtig nach einer weiteren Spielstätte. Und wurde fündig: der Rathaussaal sollte es sein. Klein, gediegen, wunderschönes historisches Ambiente, hervorragende Akustik. Ein Kleinod. Für jeden Künstler müsste es ein Traum sein, hier vor einem erlesenen und kunstsinnigen Publikum auftreten zu dürfen.

 Der Oberbürgermeister fiel aus allen Wolken, als Wolfgang Denke ihn bat, bzw. vielmehr aufforderte, ihm diesen Raum zur Verfügung zu stellen für die kleineren, aber künstlerisch wertvollen Konzerte. Rein organisatorisch sei dies schon gar nicht zu bewerkstelligen, versuchte der Oberbürgermeister das Ansinnen vom Tisch zu wischen. Der ehemalige Oberlehrer müsse doch verstehen, dass das Rathaus ein Verwaltungsgebäude sei, in dem man wohl die eine oder andere Veranstaltung ausrichten könne. Für eine dauerhafte Einrichtung, wie zum Beispiel die ins Auge gefasste kontinuierliche Konzertreihe sei dies aber völlig ausgeschlossen. Städtische Bedienstete müssten eingesetzt werden für die Eingangskontrolle, und das nach regulärem Dienstende. Wenn sich unkontrolliert Besucher im Rathaus herumtreiben, müssten die Diensträume verschlossen werden, bestimmte Teile des Gebäudes abgeriegelt und amtliche Unterlagen unzugänglich gemacht werden. Völlig ausgeschlossen, so seine Argumente.

Wolfgang Denke blieb hartnäckig. Nahezu täglich erschien er im Rathaus und nervte Sylvio Paul und die übrigen Bediensteten, denen wenig daran gelegen war, durch einen sturen ehemaligen Musiklehrer in ihren wichtigen Dienstgeschäften gestört zu werden. Wolfgang Denke nervte auch die Stadträte und zwar dermaßen, dass auch sie letztlich auf Sylvio Paul einwirkten, um endlich Ruhe zu haben. Was soll's, Denkes Konzerte haben sie bisher schon nicht besucht und werden dies auch in Zukunft nicht machen. Nur Ruhe wollten sie haben vor diesem unnachgiebigen Nerventöter.

Schließlich gab der Oberbürgermeister nach und einigte sich mit seinem kulturbeflissenen Mitbürger auf folgenden Kompromiss: Einmal im Monat darf der Ratssaal für die von Wolfgang Denke bestimmten Konzerte benutzt werden. Die Stadt übernimmt die Organisation, stellt insbesondere die Werbung, den Verkauf der Karten und die personelle Begleitung der Konzerte durch ihre Mitarbeiter sicher. Der teure Flügel wird aus dem wenig attraktiven Kulturhaus abgezogen und erhält einen würdigen neuen Stammplatz im Rathaussaal. Wer den Flügel, dieses hochheilige Stück, benutzen darf, bestimmt allein Wolfgang Denke – mit folgender Ausnahme: der Oberbürgermeister erhält einen

Schlüssel für den Flügel. Ihm ist gestattet, im Rahmen von kulturellen Veranstaltungen der Stadt, die im Rathaus der Stadt stattfinden, den Flügel zu öffnen und durch geeignete Pianisten ohne vorherige Rücksprache mit Wolfgang Denke in wohlgefälliger Weise erklingen zu lassen.

Mit erheblichem Aufwand erfolgte nach dieser salomonischen Regelung die Überführung des Flügels in den Rathaussaal und behinderte seitdem wegen des erforderlichen Platzaufwandes die Stadtratssitzungen. Das heißt, die Stadträte mussten zusammenrücken. Ob sie sich dadurch auch sachlich näher kamen, mag dahinstehen.

Fritz Milz hat den Rathaussaal erreicht. Er füllt sich langsam. Der Künstler, dessen Werke heute hier präsentiert werden sollen, zeigt sich hoch zufrieden und schüttelt eine Hand nach der anderen. Der extra engagierte Pianist des Staatsorchesters, ein erfahrener älterer Herr, geht hin und her, wirkt konzentriert und bereitet sich mental auf seine Solodarbietung vor. Die Gäste wirken locker und gelöst, wohl auch deshalb, weil sie wissen, dass nach Reden und Musik Häppchen gereicht werden und auch der Gaumen nicht trocken bleiben wird.

Allein der Oberbürgermeister wirkt etwas genervt und irritiert. Er läuft um den Flügel herum, beugt sich nieder, hantiert am Schloss, blickt sich unschlüssig um. Die Gäste sind mit sich selbst beschäftigt und achten offenbar nicht auf den Hausherren. Anders Fritz Milz. Er geht zu Sylvio Paul und fragt ihn, was denn los sei. „Ich bekomme den verdammten Flügel nicht auf", antwortet dieser ziemlich zerknirscht, „der Schlüssel passt zwar, aber es gibt noch eine zusätzliche Kette, die sich nicht öffnen lässt. Und jetzt, wo man ihn mal tatsächlich braucht, ist Denke abgetaucht".

Tatsächlich, bei genauerem Hinsehen stellen die beiden fest, dass der Deckel der Tastatur mit einem Zusatzschloss gesichert ist. Offenbar war Wolfgang Denkes Vertrauen auf die Worte des Oberbürgermeisters, dass kein Unbegabter mit seinem geheiligten Flügel spielen werde, doch nicht so groß gewesen. Vielleicht hatte er auch nur befürchtet, dass bei den Stadtratssitzungen irgendein ungehobeltes Ratsmitglied die Internationale anstimmen werde. So hatte er wohl eine gute Gelegenheit genutzt und den Flügel mit einer zusätzlichen Sicherung versehen. „Was tun?" fragt Sylvio und hat auch schon die passende Antwort. „Vielleicht hat Sven Thomas eine Idee".

Sven Thomas ist der Leiter der Musikschule und technischer Direktor des Kulturhauses, quasi „Intimfeind" von Wolfgang

Denke. Dessen Alleingänge haben bei Sven Thomas schon für die eine oder andere schlaflose Nacht gesorgt. Über das Handy ist er sofort erreichbar und sichert, nachdem der Oberbürgermeister ihm seine Kalamität geschildert hat, zu, unverzüglich ins Rathaus zu kommen- mit verschiedenen Flügelschlüsseln, die die Musikschule besitze sowie vorsichtshalber - seiner Geige.

Vom nahegelegenen Kirchturm schlägt es sieben Mal. 19 Uhr – Zeit, dass die Vernissage eröffnet wird. Der Rathaussaal ist gerammelt voll und die erste Unruhe unter den Gästen ist nicht zu überhören. Dem Oberbürgermeister stehen die Schweißperlen auf der Stirn – von Sven Thomas nichts zu sehen. Dorothea Fessel, die die Unruhe ihres Chefs mit sorgenvoller Anteilnahme verfolgt , versucht ihn zu beruhigen und reicht ihm, unbemerkt von den anderen Anwesenden, erst mal ein Glas Cognac : "Es wird schon alles gut werden, Chef. Wir packen das schon." Kaum ausgesprochen, stürmt Sven Thomas in den Rathaussaal und sucht den Oberbürgermeister, der immer noch in Nähe des Flügels verharrt. Gemeinsam probieren sie die unterschiedlichsten Schlüssel aus, die der Leiter der Musikschule in der Kürze der Zeit zusammengerafft und mitgebracht hat. Keiner von diesen zeigt auch nur einen Hauch von Kooperation. Es bleibt dabei: der Deckel des Flügels lässt sich nicht öffnen. Anders ausgedrückt: auch wenn man es nicht fassen will, der noble Flügel, der bleibt heute still.

Inzwischen ist die Nervosität des Stadtoberhauptes auch den übrigen Gästen nicht mehr verborgen geblieben. Sie haben ihre Plätze eingenommen und harren der Dinge, die nun folgen werden. So schlimm kann das ja alles nicht sein. Die

Häppchen sind geliefert worden und auch Wein und Sekt stehen bereit. Auf die musikalische Umrahmung dieser Ausstellungseröffnung ließe sich daher notfalls auch verzichten. Sie sehen auch, wie Sylvio Paul zuerst mit dem zu ehrenden Künstler tuschelt, dann mit dem geladenen Starpianisten und Sven Thomas den Raum verlässt. Nach kurzer Zeit kehren der Oberbürgermeister und sein Musikschulleiter wieder zurück. Ohne den Pianisten. Denn auch der größte Künstler ist auf sein Handwerkszeug angewiesen, wenn er sich profilieren will. Das gilt für einen Maler ebenso wie für einen Tastenvirtuosen oder Rohrleitungsleger.

Sylvio Paul eröffnet die Vernissage mit tausendfacher Entschuldigung dafür, dass man auf die geplante Klaviereinlage leider verzichten müsse. Und er dankt Sven Thomas dafür, dass er seine Geige mitgebracht habe und sich spontan bereit erklärt habe, der Werke des darstellenden Künstlers die notwenige musikalische Untermalung zu verleihen. Beiden ist der Applaus des Publikums sicher, auch wenn das Gefiedel des Musikschulleiters kein Neuland für die geladenen Gäste darstellt.

Der edle schwarz lackierte Flügel, dessen Anschaffung die Stadtkasse nicht unerheblich belastet hatte, befindet sich seitdem wieder im Kulturhaus. Ihm ist der weitere Aufenthalt im Ratssaal vom Oberbürgermeister untersagt worden wie auch seinem Förderer Wolfgang Denke, der sich zukünftig mit der Akustik des großen Saales im Kulturhaus für seine Konzertreihe arrangieren muss.

Mittelstadt: Dieser Zug endet hier

Wenn sie sich mit dem Auto auf der Staatsstraße Mittelstadt nähern, fällt ihnen unwillkürlich vor dem Ortseingangsschild auf der linken Seite ein stolzes Gebäude ins Auge. Der Bahnhof von Mittelstadt. Schon sehr früh, eingangs des 20igsten Jahrhunderts erbaut, verfügt er über alle architektonischen Stilelemente, die die Zeit des auslaufenden Klassizismus und beginnenden Jugendstils ausmachen. Ein prachtvolles Gebäude, ohne Frage. Damals. Und auch von erheblicher Bedeutung für die verkehrstechnische Anbindung der Region an die Metropole. Hier führte der Schienenstrang vorbei, der die Hauptstadt mit anderen wichtigen Zentren im Westen verband. Hier hielt auch die Kleinbahn, die nicht nur Ausflügler ins Gebirge brachte, sondern auch die Produkte transportierte, die in den kleinen, aber lebenswichtigen Betrieben des Gebirges produziert wurden. Damals.

Heute sieht alles ein wenig anders aus, weil es die Priorität der Schiene nicht mehr gibt, sondern die Straße die Oberhand gewonnen hat. Der Zugverkehr besteht zwar weiterhin. Und auch der Bahnhof besteht weiterhin. Aber beides hat nichts mehr miteinander zu tun. Denn das Bahnhofsgebäude wird nicht mehr gebraucht. Der Verkauf der Fahrkarten erfolgt über Automaten, die sich außerhalb des Gebäudes befinden. Und für den Zugang zu den Bahnsteigen ist das stattliche Bahnhofsgebäude auch nicht mehr gefragt. Die Bahn hat neue Tunnel mit Fahrstühlen bauen lassen, die direkt zu den Bahnsteigen führen und deren Zugänge sich direkt beim Parkplatz befinden. Das Gebäude selbst ist verwaist.

Was macht ein Immobilieneigentümer, wenn die ihm gehörende Immobilie zwar laufende Kosten verursacht, im Ergebnis aber nichts mehr einbringt. Er versucht, diesen Ballast loszuwerden. So auch die Bahn: das Gebäude wurde zum Verkauf freigegeben. Bald schon fand sich ein Käufer, dem vorschwebte, direkt an der Einfallstraße zu Mittelstadt ein Restaurant zu eröffnen. Bei der Vorstellung allerdings blieb es, da seine Kapitalmittel begrenzt waren. Als er sah, dass seine Träume sich nicht verwirklichen ließen, bot er der Stadt das Gebäude zum Kauf an. Dort verhielt man sich anfangs zögerlich, zumal man keine Idee hatte, welcher Verwendung dieser Bau zugeführt werden könnte. Es gab erhebliche Debatten im Stadtrat. Eher auf Vorsicht bedachte Stadträte gaben zu bedenken, dass die Stadt die Kosten für die Unterhaltung und Nutzung des Bahnhofsgebäudes nicht würde stemmen können. Andere plädierten vehement für den Ankauf, da der Bahnhof nun mal zum Stadtbild gehöre und dementsprechend die Nutzung in den Händen der Stadt liegen müsse. Es biete sich geradezu an, eingangs der Stadt ein Tourismus- und Informationszentrum zu errichten, um die potentiellen Besucher rechtzeitig mit den Sehenswürdigkeiten der Stadt vertraut zu machen. Diese positiv eingestellten Stadtväter behielten die Oberhand, so dass schon bald das Bahnhofsgebäude den Besitzer wechselte.

Mehr allerdings geschah auch nicht. Denn als es darum ging, dem alten Bahnhof wieder Leben einzuhauchen, fehlten die Mittel dazu. Kein Geld, kein Tourismuszentrum.

Das Gebäude blieb verwaist.

Das Gebäude blieb lange verwaist, über Jahre hinweg. Eines schönen Tages allerdings melden sich beim Mittelstädter Oberbürgermeister zwei Bürger, die Interesse am Erwerb des Bahnhofes anmeldeten. Bürger der Stadt, was sofort Neugierde bei Sylvio Paul erweckte. Keine fremden Investoren, denen man ja mit Vorsicht begegnen sollte,

sondern Einheimische. Als da waren: Tobias Nietzold, der in Mittelstadt als selbständiger Physiotherapeut tätig ist und Friedensreich Wagner, ein gestandener, nicht mehr so ganz junger Mann, der sich selbst gern als Kaufmann betitelt. Nun gut, Sylvio Paul, ist schon bewusst, dass die Lebensgeschichte der beiden nicht so ganz ohne Kratzer verlaufen war. Eigentlich hatte Tobias Nietzold im elterlichen Geschäft

Einzelhandelskaufmann erlernt, aber an der Übernahme des Ladens keinen Gefallen gefunden. Ihm schwebten größere Dinge vor, als hinter der Ladentheke zu stehen. Durch einen wie auch immer gearteten Zufall konnte er schon in jungen Jahren das städtische Kino übernehmen. Zur Freude der Mittelstädter, denn es stand eigentlich schon vor dem Aus. Er bewegte etwas, ließ es umbauen, großzügig unterstützt durch Mittel der Filmförderung. Die neuesten Filme liefen bei ihm – auf Großbildleinwand und in Dolby-Surround. Man musste also nicht in die Großstadt fahren, wenn man gute filmische Unterhaltung haben wollte. Gut, vielleicht überspannte er den Bogen ein wenig. Die Einnahmen deckten offenbar nicht die Kosten seines Hauses, was ihn offenbar nicht davon abhielt, weiter aufzurüsten. So kam, was letztlich kommen musste: er war überschuldet, zumal die Filmförderung Geld zurückforderte, das er nicht sachgerecht verwendet haben sollte. Kino dicht, Strafverfahren wegen Insolvenzvergehens und Betruges am Hals und keine müde Mark in der Tasche. Er bekam heftigen Ärger mit der Staatsmacht, war dann auch für einige Zeit nicht mehr gesehen worden. Später, als sich die Situation für ihn beruhigt hatte, hat er es noch einmal mit einem Fitnessstudio versucht, erlitt aber auch da Schiffbruch und musste fortan kleinere Brötchen backen. Aber seine Physiotherapiepraxis scheint zu laufen. Man hört jedenfalls nichts Negatives.

Friedensreich Wagner ? Über seine Tätigkeit ist- wenn man es recht betrachtet- nur wenig bekannt. Kaufmann ist er, das schon. Aber das ist ein eben auch weiter Begriff. Und was er ankauft oder vertreibt, liegt eigentlich völlig im Dunkeln. Er hat sich mal längere Zeit im Ausland aufgehalten. Das ist bekannt. Er soll dort vielerlei Geschäfte getätigt haben, nicht immer ganz koscher. Aber das sind nur Gerüchte. Es war ja keiner dabei. Immerhin muss er doch recht erfolgreich gewesen sein und auch einige Reichtümer angehäuft haben. Wenn man das prächtige Haus betrachtet, das er mit seiner Familie bewohnt, dann spricht immerhin einiges dafür. Und außerdem führt er die Kasse im städtischen Handel- und Gewerbeverein. Die Gewerbetreibenden werden schon wissen, wem sie ihr Geld anvertrauen. Sylvio Paul jedenfalls ist gespannt darauf, welche Ideen seine zwei Besucher für den Bahnhof im Gepäck haben.

Tobias Nietzold und Friedensreich Wagner betreten das gediegene, mit Holz getäfelte Büro des Oberbürgermeisters unter den wachsamen Blicken der Stadtoberhäupter vergangener Zeiten, die in Öl gehalten von der Wand aus dem folgenden Gespräch beiwohnen. Eine schwere Aktentasche schleppen die beiden mit sich herum, aus der sie nach der erfolgten Begrüßung Zeichnungen und Schriftstücke hervorkramen und vor sich auf dem Schreibtisch von Sylvio Paul ausbreiten. „ Wir sehen schon seit langem mit Wehmut", so beginnt der Ältere von beiden seine Ausführungen, „ wie unser wunderschöner Bahnhof leer steht und Stück für Stück verfällt. Da die Stadt nichts tut oder nichts tun kann, haben wir uns entschlossen, den Bahnhof zu kaufen und wiederzubeleben. Uns ist klar, dass die Wiederbelebung kostenintensiv ist. Deshalb muss sie sich unter dem Strich rentieren. Alles, was bisher angedacht worden ist, erfüllt unserer Ansicht nach diese Voraussetzungen nicht. Wir haben lange nachgedacht und dann kam die zündende Idee. Wir sind doch praktisch Universitätsstadt und leben auch von den Studenten. Aber nur wenige wohnen hier, weil es praktisch keine Studentenwohnungen gibt." Und dann erläutern die beiden einheimischen Möchtegerninvestoren in voller Länge und Breite ihr Konzept: in der ehemaligen Bahnhofshalle könne ein Speise- und Aufenthaltsraum entstehen mit kleiner Bar. Die ehemaligen Fahrkartenschalter böten genug Platz für Freizeitgestaltung, wie zum Beispiel ein Lesezimmer, einen Fitnessraum oder etwa ein Computerzimmer. In den oberen Etagen wäre Platz für 28 Studentenzimmer, alle mit kleinem Küchenabteil und Nasszelle. Und das Beste dabei: das Wissenschaftsministerium habe bereits signalisiert, dass für derartige Vorhaben ein umfangreiches Förderprogramm bereit stehe, weil man die Studenten ja im Lande halten wolle".

Die Idee hat etwas bestechendes, findet Sylvio Paul. Er hat zwar noch viele Nachfragen, erhält aber auf alle prompt eine plausible Antwort. Letztlich ist er überzeugt von der Realisierung: mal was anderes als Restaurants, etwas das Hand- und Fuß hat, ein Konzept für die Zukunft.

Aber die Entscheidung über den Verkauf liegt nicht beim Oberbürgermeister. Das ist Sache des Stadtrats. Und so wird das weitere Vorgehen besprochen, wie auch der Stadtrat für das Projekt Bahnhof gewonnen werden kann.

Im Nachhinein lässt sich schwer sagen, wie viele Aussprachen es im Stadtrat gegeben hat. Man müsste schon die Protokolle wälzen. Immer und immer wieder mussten Tobias Nietzold und Friedensreich Wagner ihre Planung den gewählten Vertretern der Stadt vorstellen, die Zeichnungen erklären, die Finanzierung offenlegen. Anfangs herrschte große Skepsis, was insbesondere der bisherigen geschäftlichen Aktivitäten der beiden euphorischen Investoren geschuldet war. Letztlich gab die Vorstellung, den maroden Bahnhof nicht mehr als finanziellen Ballast im Haushalt mitschleppen zu müssen, den Ausschlag. Dem Verkauf wurde zugestimmt.

Und sofort begann eine rege Bautätigkeit. Naja, genau genommen wurde nicht eigentlich gebaut. Denn die Wortbedeutung von „bauen" bezeichnet einen Vorgang, der sich mit der Erschaffung oder Herstellung eines Werkes befasst. Hier, im schönen, altehrwürdigem Bahnhofsgebäude geschah zunächst einmal das Gegenteil: kräftige Männer mit Schlagbohrern und Hämmern rückten an und entkernten. Das heißt, sie schlugen Wände ein, klopften den Putz von den Decken, zerstampften die Fußböden, rissen Kabel und Leitungen heraus und entfernten alles sonstige, was nicht niet- oder nagelfest war. Alte Eisenbahnreliquien wie Fahrkartenautomaten, Blechschilder, Lampen , Anzeigetafeln usw. ließen sich verscherbeln und zu Geld machen. Der Rest wurde entsorgt. Nach wenigen Wochen war das Bahnhofsgebäude leer. Richtig leer. Außen Fassade, innen ein staubüberzogener, ausgeschlachteter Hohlkörper. Und das blieb er, bis heute.

Was war geschehen. Eigentlich nicht viel. Nichts jedenfalls, was nicht vorhersehbar gewesen wäre. Die beiden einheimischen Investoren hatten ihre liquiden Mittel mit dem Ankauf des Gebäudes verbraucht. Mehr war nicht vorhanden. Auch nicht bei Friedensreich Wagner. Ein Blick ins Grundbuch hätte genügt, um festzustellen, dass sein hochherrschaftliches Anwesen bis über die Schmerzgrenze hinaus überschuldet ist. Die zugesagten Fördergelder – blieben aus. Während der Stadtrat sich über die Frage zermürbt hatte, ob der Bahnhof verkauft werden sollte oder nicht, hatte ein pfiffiger Mitbürger ein neues, modernes Studentenwohnheim in der Nähe der Hörsäle errichtet – mit Fördermitteln des Wissenschaftsministeriums. Weitere standen nicht zur Verfügung.

Schweren Herzens, wenn denn eine Volksvertretung überhaupt ein Herz hat, entschloss man sich im Stadtrat, das Bahnhofsgebäude zurück zu erwerben. Zu einem erheblich niedrigeren Kaufpreis allerdings. Der inzwischen eingetretene Wertverlust des Hauses war ja nicht zu übersehen. Vielleicht findet sich ja für dieses Kleinod noch ein angemessener Verwendungszweck. Es sei denn, geneigte Leserin, geneigter Leser, sie haben Interesse am Erwerb eines wunderschönen, alten und geschichtsträchtigen Bahnhofsgebäudes, das im Wesentlichen nur im Inneren renovierungsbedürftig ist. Die Bürger Mittelstadts würde es freuen und erst recht den Oberbürgermeister, der jedes Mal innerlich zusammenzuckt, wenn er an dem Gebäude vorbeifährt und nachrechnet, wie viel die Stadtkasse für Unterhaltung und Pflege dieser wenig gewinnbringenden Ruine jährlich hinblättern muss.

Intensive Beratung

Sabine Kirsche hat geerbt. Und zwar ein älteres Mietshaus am Pferdemarkt. Vier Mietparteien gewährleisten ein stattliches Zubrot zu ihrem ansonsten eher überschaubaren Einkommen als Sekretärin in einem Maklerbüro. Schön für Sabine, deren aufwändiger Lebensstil sich so gar nicht mit ihrem Verdienst vertragen möchte. Sabine ist geschieden, lebt selbst in einer bescheidenen Wohnung im Außenbereich von Mittelstadt und hat vor ein paar Jahren ein halbes Hundert an Lebensjahren feiern dürfen. Ein Umstand, auf den sie nicht sehr gerne angesprochen wird. Denn sie fühlt sich wie ein Teenager – und kleidet sich auch gerne entsprechend: chic, modisch und nicht selten mit Röcken oder Kleidern, die weit vor den Knien enden. Sie liebt es, in die Großstadt zu fahren und sich in Kneipen und Discotheken zu amüsieren, in denen der Altersdurchschnitt der Besucher eher in dem Bereich an Lebensjahren angesiedelt ist, in dem sich ihre Tochter bewegt. Sie bevorzugt grelle Farben. Das gilt auch für die künstlerische Gestaltung ihres Antlitzes. Kurz gesagt: Sabine Kirsche fällt auf. Und das will sie auch.

Und nun ist sie stolze Besitzerin eines Mietshauses mit zahlungskräftigen und zahlungswilligen vier Mietparteien, so dass sie frohen Mutes den heimischen Boutiquen ungeahnte Umsätze verschaffen kann. Oder doch nicht ? Die ersten Mieter beschweren sich schon bei ihr, dass die Fassade des stolzen Erbes bröckelt, in den Wänden Risse auftreten und der Putz von den Decken rieselt. Die soziale Anlaufstelle im ersten Stock, in denen finanzschwache Bürger kompetenten Rat und Hilfe erhalten können droht sogar damit, die Mietzahlung völlig einzustellen, wenn nicht umgehend die

Mängel des Mietobjektes behoben werden. Und auch damit, dass man sich gegebenenfalls um andere Räumlichkeiten werde bemühen müssen. Auf Kosten von Sabine selbstverständlich.

Diese ist verzweifelt und sucht in diesem Dilemma Unterstützung bei einem Rechtsanwalt. Sie wird auch bald fündig. Ein weiser Vertreter seines Faches, eine wahre Koryphäe des Rechts. Kein Jungspund, sondern ein leicht angegrauter Herr, dessen kompetente Ausstrahlung bei Sabine Kirsche sofort ein Gefühl der Sicherheit und Geborgenheit vermittelt. Natürlich, die Mietsache müsse in Ordnung sein, gibt er seiner Mandantin zu verstehen. Insoweit hätten die Mieter schon Recht mit ihren Beschwerden. „Aber", so gibt er fachmännisch zu verstehen, „wir müssen die Ursachen der Mängel klären. Wenn diese bei den Mietern liegen, weil sie etwa nicht sorgfältig mit den vermieteten Räumlichkeiten umgegangen sind, dann tragen diese die Verantwortung dafür. Das sieht Sabine ein, gibt aber zu bedenken, dass die Risse in den Wänden wohl kaum von den Mietern verursacht sein können. Aber der gesamte Pferdemarkt sei kürzlich saniert worden. Mit schwerem Gerät habe eine Baufirma den Platz aufgebuddelt und neues Pflaster verlegt. Ob man da nachhaken solle? „Da könnten sie richtig liegen, Frau Kirsche. Dann haftet die Stadt oder die Baufirma. Ich schau mir das mal an und dann besprechen wir die weiteren Schritte." Damit verabschiedet der Anwalt seine neue Mandantin, die erleichtert tänzelnd in ihrem Hauch von Rock, der mehr freigibt von dem, was er eigentlich verbergen soll, sein Büro verlässt, verfolgt von den wohlwollenden Blicken des Paragraphenreiters.

Sabine Kirsche scheint richtig zu liegen mit ihrer Annahme. Denn schon bald bestellt der Rechtsanwalt sie erneut zu sich, bietet ihr zunächst ein Glas Sekt an, ehe er ihr eröffnet, dass nach seiner fachmännischen Meinung die Arbeiten am Pflaster die Schäden am Haus verursacht haben. Er werde jetzt die weiteren Schritte in die Wege leiten und die für die Arbeiten verantwortliche Stadt und die Baufirma in die Pflicht nehmen. Sabine Kirsche schaut etwas betreten: "Ich kann mir das kaum leisten", erklärt sie, „ meine Mieter haben inzwischen alle ihre Mietzahlungen eingestellt, und zwar so lange, bis ich alle Schäden beseitigt habe. Wie soll ich das alles bezahlen? Die Reparaturen und ihre Kosten ?" „Keine Angst, Frau Kirsche", der Anwalt legt in väterlicher Manier seine Hand auf Sabines Schulter, " sie brauchen sich keine Sorgen zu machen. Bei mir sind sie in besten Händen. Und das finanzielle, das kriegen wir auch gebacken."

Und tatsächlich, der von Sabine Kirsche mandatierte Vertreter des Rechts geht mit vollem Engagement zur Sache. Er schreibt an die Stadtverwaltung und fordert Schadenersatz, er schreibt an die Baufirma und fordert Schadenersatz. Beide sehen sich nicht in der Pflicht, was eine erneute Besprechung mit Sabine erforderlich macht. Er mahnt die Stadt, er mahnt die Baufirma. Beide weisen die Mahnung energisch zurück, was weiteren dringenden Besprechungsbedarf erfordert. Nun allerdings nicht mehr im Büro des Anwalts. Schwierige Rechtsfragen lassen sich auch bei einem gemeinsamen Abendessen in entspannter Atmosphäre erörtern. Überhaupt, man sieht Sabine Kirsche inzwischen häufiger in Begleitung ihres rechtlichen Beistands, und das nicht nur bei Besichtigungsterminen des zunehmend zum Ballast werdenden Erbgrundstückes. Ein guter Anwalt ist eben mehr als nur ein Schreibtischtäter, er ist Schutz und Hilfe seines Mandanten und ein wahrer Freund. Sabines Anwalt ist ein guter Anwalt, ein sehr guter sogar. Seine Fürsorge ist nicht zu übersehen und auch nicht auf die Büroöffnungszeiten beschränkt.

Währenddessen bröckelt die Fassade von Sabines Mietshaus weiter. Die Risse in den Wänden vergrößern sich und der Putz platzt in zunehmend größeren Stücken von der Decke. Der Unmut der Mietparteien wächst. Aber Sabines Rechtsvertreter sieht derzeit keine Veranlassung zum Tätigwerden. Jedenfalls solange nicht, bis die Ursache dieser Missstände zweifelsfrei geklärt ist. In Sabines Auftrag verklagt er die Stadt auf

Schadenersatz – und verliert. Dann eben die Firma, die unsachgemäß den Pferdemarkt saniert hat. Auch da bleibt der Erfolg aus. Sabine ist verzweifelt und klammert sich noch intensiver an ihren Rechtsbeistand, der sie – inzwischen längst zum vertrauten „Du" übergegangen, beschwichtigt und tröstet: „Liebe Sabine, in erster Instanz haben wir es bei den Gerichten nur mit Richtern zu tun, die die wahre Rechtslage nicht einschätzen können. Sonst wären sie schon längst befördert worden. Wir müssen in die Berufung gehen, und du wirst sehen, dass das Recht auf unserer Seite ist."

Dummerweise ist die zweite Instanz auch nur mit Richtern besetzt, die die wahre Rechtslage nicht einschätzen können. Auch hier bleibt der Erfolg aus, weil „ die Klägerin nicht hat beweisen können, dass die Mängel des in Streit befindlichen Hauses Folge der durchgeführten Baumaßnahmen am Pferdemarkt waren". Punktum. Eine Revision wird nicht zugelassen.

Sabine ist verzweifelt. Erneut sucht sie Rat und Hilfe bei ihrem Rechtsbeistand, der inzwischen mehr geworden war als nur Beistand des Rechts. Der Erfolg allerdings hält sich in Grenzen. Nur schemenhaft vernimmt sie seine Ausführungen über die Unfähigkeit der Justiz, während er ihr die Honorarabrechnung präsentiert und wie selbstverständlich zum „Sie" übergeht. Das Mietshaus sei ja vorhanden und stelle einen kostendeckenden Wert dar. Dass die Mieter inzwischen eine andere Bleibe gefunden hätten und das prächtige alte Haus inzwischen zum Leerstand verdammt sei, sei ihm ja nicht anzulasten. Er habe alles getan, was sie verlangt habe und in seiner Macht gestanden hätte und bitte nun um entsprechenden Kostenausgleich.

Ein schwerer Schlag für die Boutiquen in Mittelstadt, die eine sehr zuverlässige Kundin verloren haben - mangels Masse. Und Sabine Kirsche wird nichts anderes übrig bleiben, als auch in diesem Jahr die Miniröcke des vergangenen Jahres aufzubrauchen. Für mehr Stoff fehlen ihr schlichtweg die Mittel.

Genesis

Sören Seier hat eine spontane Idee. Sören Seier ist bekannt dafür, spontane Ideen zu haben. Gewöhnlich allerdings kommt es nicht zur Ausführung seiner Ideen, weil vor deren Verwirklichung eine neue spontane Idee die vorausgegangene überholt hat. Dieses Mal ist es anders. Seine Idee besteht darin, vor der großen 800-Jahr-Feier im nächsten Jahr einen Test zu veranstalten, eine Art Generalprobe en miniature. Und er hat sogleich auch eine weitere Idee, wie dies von statten gehen könnte. Ihm schwebt eine Art Event vor an einem lauen Abend mit Musik, Kunst und fröhlichem Beisammensein im passenden Ambiente. Er trommelt die Vereinsspitze des Kultur- und Geschichtsvereins zusammen. Erneut trifft man sich in Günter Wolfsons Lokal, nicht ohne diesem die Zusicherung zu geben, dass es dieses Mal nicht so lange dauern werde.

Tut es auch nicht, zumal die übrigen Vereinsmitglieder sich relativ schnell von Sörens Idee anstecken lassen. Aber was soll man anbieten, um die verwöhnten Mittelstädter aus ihren Fernsehsesseln zu locken? Ein Theaterstück auf dem Marktplatz ? Tina Wächter würde sicherlich sofort darauf anspringen. Wird verworfen, weil man es den Bürgern nicht zumuten kann, längere Zeit still auf ihren Stühlen zu hocken. Einen Vortrag über die Geschichte Mittelstadts im Museum vielleicht? Viel zu langweilig. Oder doch ein Volksmusikabend mit Blasmusik und Trachtengruppen. Sören Seier schlägt die Hände über dem Kopf zusammen. Nein, es muss schon etwas sein mit Niveau und trotzdem unterhaltsam. Noch ein paar weitere Vorschläge machen die Runde und werden wieder verworfen. Und dann ist sie plötzlich doch da, die Idee, der alle zustimmen können. In die Runde geworfen von Joachim Flöter. „Wir haben doch in unserer Stadt den berühmten Künstler Jonathan Zwerenz", so der Gastronom und Papageienpapa. „Er hat schon in der Landeshauptstadt Großraumbilder vor Publikum gemalt im Rahmen einer Kunstperformance. Warum nicht auch hier. Dazu Musik, Würstchen und Bier. Man muss nicht stillsitzen, kann sich unterhalten, bekommt Kunst geliefert. Was will man mehr. Die Frage ist nur, wo soll das stattfinden. Der Marktplatz ist dafür viel zu banal." Auch dieses Problem ist schnell gelöst. Man hat ja das Schloss, in dem sich nicht nur das Amtsgericht befindet, sondern auch die Galerie des städtischen Museums. Und vor dem dreiseitigen Schloss befindet sich ein Innenhof, hervorragend geeignet für eine stimmungsvolle Atmosphäre. Sören Seier ist vollauf begeistert und erklärt, er werde alles Notwendige in die Wege leiten. Auch Günter Wolfson ist begeistert darüber, dass die Vereinsrunde ihm heute ausreichenden Schlaf beschert. Und deshalb spendiert er großzügig für alle noch einen Absacker.

Sören Seier spricht mit Jonathan Zwerenz, einem Künstler, wie er im Buche steht. Mit seiner Frau Melissa bewohnt er ein altes Gehöft in einer Randgemeinde von Mittelstadt, betreibt mit ihr dort auch eine Galerie. Ein nicht rastender, umtriebiger älterer Herr mit grauer Mähne und einem entsprechenden stolzen Bart. Bekannt für seine schwungvollen, vor Energie und Kraft strotzenden Gemälde, deren voluminöse Personendarstellungen an die Künstler des Barock erinnern. Menschen und ihre Umgebung – das zu malen ist seine Leidenschaft. Und deshalb ist er mit seiner Frau, ebenfalls eine hervorragende Künstlerin, nicht allzu häufig zu Hause. Mit ihrem buntbemalten Künstlerbus durchqueren sie die Welt –

von Spanien bis Rumänien, von der Türkei bis ins hinterste Indien. Immer auf der Suche nach authentischen Menschen, die sie auf ihrer Leinwand verewigen. Heute aber ist er zu Hause und hört sich an, was Sören Seier ihm unterbreitet. Und er stimmt zu, ist bereit, eine Performance abzuliefern, ein Großbild zu erstellen in Gegenwart der Bürger dieser Stadt als Dankeschön für Mittelstadt. Und als Beispiel dafür, dass Kunst nicht hinter verschlossenen Mauern geschieht, sondern Teil des gelebten Lebens ist. Allerdings ist seine Zustimmung an eine Bedingung geknüpft: seiner Inspiration obliegt die Motivwahl und er entscheidet darüber, was mit dem Kunstwerk nach Vollendung geschieht. Dem kann Sören Seier vorbehaltlos zustimmen. Und Sören Seier wäre nicht er selbst, wenn er nicht auch den Rest der Organisation hinbekommen würde: die Gerichtsverwaltung stimmt der Veranstaltung im Schlosshof zu, für die musikalische Umrahmung des Spektakels wird eine bekannte Band aus der Region sorgen und um das leibliche Wohl braucht man sich keine Gedanken zu machen. Sörens Frau druckt farbenfrohe T-Shirts, die am Abend an den Mann bzw. die Frau gebracht werden sollen und Fritz Milz stimmt die Leser seiner Zeitung in einem sofort ins Auge springenden Artikel auf das außergewöhnliche Spektakel ein mit ausdrücklichem Hinweis darauf, dass der Eintritt kostenlos ist.

Das Kunstspektakel hält, was die Ankündigung versprochen hat. Ein wunderschöner lauer Sommerabend. Der Schlosshof ist zum Bersten gefüllt mit erwartungsvollen Mittelstädter Bürgern, die mit Bratwürsten in der Hand und gefüllten Biergläsern dem Takt der engagierten jungen Musiker folgen, was zur Folge hat, dass die eine oder andere Bratwurst statt im Munde des Betrachters auf dem Boden des Schlosshofes

118

landet. Jonathan Zwerenz ist voll in seinem Element. Auf der eigens errichteten Bühne hat er eine 2 x 4 Meter große Leinwand installiert. Beschwingt durch die rhythmischen Klänge der im Hintergrund spielenden Band zeichnet er zunächst schwungvoll ein paar Striche auf die jungfräulich weiße Leinwand. Für die Betrachter ist unverständlich, was sie darstellen sollen. Aber dem Meister selbst, der nach vorne an den Rand der Bühne tritt, seinen Kopf leicht zur Seite beugt, ist die Genugtuung über seine Vorarbeit anzusehen. Dann geht es an die Farbe. Jonathan Zwerenz presst mehrere Tuben von Ölfarbe auf eine überdimensionale Palette, fingert mehrere Pinsel hinter der Leinwand hervor, sucht sich den geeignetsten aus und beginnt großflächig zu malen. Wie Rumpelstilzchen im gleichnamigen Märchen hüpft er im Takt der Musik hin und her, auf und ab und lässt seinen Pinsel dabei über die Leinwand huschen. Und Stück für Stück erscheinen auf dieser Konturen, verdichten sich, nehmen Formen an, verdrängen das Weiß und füllen nach und nach die gesamte Leinwand. Nicht einmal zwei Stunden dauert es, dann ist das Kunstwerk vollendet. Genesis: die Vertreibung Adams und Evas aus dem Paradies. Eine grüne menschenleere Landschaft im Hintergrund. Davor Adam und Eva, sitzend unter dem Baum der Erkenntnis und in weiterer Folge fliehend aus dem Paradies. Verängstigt sich umschauend sprinten sie geradezu in die raue, unwirtliche Welt. Adams Hand umfasst die von Eva, die er mit sich zieht. Beide nackt. Natürlich, was auch sonst. Bekleidungsgeschäfte gab es im Paradies noch nicht. Ein kraftvolles Bild und ein kraftvoller Beifall der Mittelstädter, die der Erschaffung Adams und Evas beigewohnt haben. Nicht mehr ganz nüchtern bei der fortgeschrittenen Zeit und den genossenen Flüssigkeiten, aber durchaus auch berauscht von dem, was sie geboten bekommen haben. Und ein ebenfalls mit sich zufriedener Jonathan Zwerenz, der den lang anhaltenden Applaus wohlwollend über sich ergehen lässt. Auch Sören Seier blickt stolz in die Runde. Ein gelungener Abend dank seiner spontanen Idee.

Kunst und Justiz- verträgt sich das? Jonathan Zwerenz hatte sich geschworen, nie freiwillig ein Justizgebäude zu betreten. Und heute bricht er seinen Schwur. Er betritt das Gericht - freiwillig – und bittet um ein Gespräch mit dem Direktor. Herr Samoht weiß natürlich, wer sich bei ihm angemeldet hat. Der kunstsinnige Direktor schätzt den großartigen Künstler und seine Werke und war, zusammen mit seiner Frau, selbstverständlich auch zugegen, als Jonathan Zwerenz seine „Genesis" im Schlosshof erschaffen hat. Was aber führt den Künstler nun zu ihm? Die Antwort lässt nicht lange auf sich warten. Der Maler hält sich nämlich nicht mit unnötigen Vorreden auf und kommt gleich zur Sache. Er habe bereits einige dieser großformatigen Kunstwerke geschaffen, erklärt er dem Amtsgerichtsdirektor. Einige davon würden die Theater in der Landeshauptstadt zieren. Die „Genesis", die er im Schlosshof gemalt habe, sei definitiv das letzte Werk dieser Art. Und dafür suche er einen besonderen Platz. Eine Örtlichkeit, die dem Werk angemessen sei. Und da das Bild im Schlosshof erschaffen worden sei, gehöre es auch hier her. Er wünsche sich nichts sehnlicher, als dass das Bild einen würdigen Platz im Schloss erhalte.

Der Schlossherr ist sichtlich überrascht über dieses Angebot. Zum einen freut es ihn natürlich, dass der Künstler ihm so viel Vertrauen entgegenbringt. Zum anderen weiß er aber auch, dass er nicht über die Mittel verfügt, um das Werk des bekannten Malers ankaufen zu können. Und dann tauchen ja neben organisatorischen Problemen noch weitere Fragen auf: wie soll das Bild ins Haus gelangen, ohne Beschädigungen zu erhalten und wo soll es einen geeigneten Platz finden bei dieser Größe, noch dazu in einem Gerichtsgebäude? Bezüglich der ersten Frage beruhigt ihn Jonathan Zwerenz. Er sei bereit, dem Gericht das Bild zum Selbstkostenpreis zu überlassen, das sei ihm die Sache wert. Er kenne auch einen Tischler, bei dem er seine Bilderrahmen beziehe, der sicherlich bereit wäre, eine Rahmung im Gebäude gegen geringes Entgelt durchzuführen. Beim Transport und bei der Suche nach einem geeigneten Platz, an dem das Bild auch entsprechend zur Geltung komme, konne er mit seinem fachmännischen Wissen behilflich sein. Dann lacht der Künstler: „Bei ihren Fähigkeiten Herr Samoht, dürfte es doch kein Problem geben, ihre Vorgesetzten davon zu überzeugen, dass mein Bild in dieses Haus gehört. Es handelt sich ja schließlich um ein biblisches Motiv. Das allerdings muss ich ihrem Geschick überlassen."

Auch der Gerichtsdirektor schmunzelt und nickt seinem Gegenüber zu: „Ich danke ihnen, Herr Zwerenz. Ich bin überwältigt von ihrem Angebot und nehme dies gerne an. Und ich bin sicher, wir werden sie würdig repräsentieren in diesem Haus."

Und so geschieht es. Das Justizministerium stimmt dem Ankauf bedenkenlos zu, ohne dass man das Kunstwerk in Augenschein genommen hätte. Eine Szene aus der Bibel, das passt immer. Auch in ein Gerichtsgebäude. Und hierfür steht auch ein Repräsentationsfonds zur Verfügung, der den Erwerb ermöglicht. Die Rahmung übernimmt der Direktor. Und ein Platz, für den sich auch der Künstler begeistern kann, ist bald gefunden: Kurze Zeit später füllt das Gemälde die Rückwand des Zivilverhandlungssaales. Hier wird zusätzlich eine Dokumentation angebracht, die erklärt, wie, wann und wo das Bild gemalt wurde. Mit Fotos, die Herr Samoht von der Entstehungsgeschichte gemacht hat, ohne zu ahnen, dass sie noch einmal gute Dienste leisten würden.

Bei der Einweihung ist die Presse zugegen und nicht wenige interessierte Bürger schauen im Gericht vorbei, um sich das Meisterwerk anzusehen. Über die pompöse Darstellung der beiden ersten Menschen in ihrer prallen Nacktheit gibt es unterschiedliche Auffassungen – auch innerhalb der Belegschaft. Wie sollte es anders sein, sagt der Direktor. Kunst muss provozieren, ganz egal, wo sie ausgestellt wird. Und ein wenig ist er stolz darüber, dass sein Gerichtssaal über eine künstlerische Besonderheit verfügt, die wohl in einem solchen Ambiente einmalig sein dürfte.

Man hat sich gewöhnt daran, dass Adam und Eva von der Rückwand des Sitzungssaales den Verhandlungen zuschauen, wenn über Mietfälle geurteilt wird oder erzürnte Nachbarn mit Justitias Hilfe zu ihrem Recht gelangen wollen. Nur hin und wieder erlebt es der Amtsgerichtsdirektor, dass ein Besucher, zumeist ein auswärtiger Rechtsanwalt, der erstmalig das Mittelstädter Amtsgericht besucht, vor dem Monumentalgemälde verweilt und dieses intensiv betrachtet. Die Reaktion ist fast immer die Gleiche: „Phantastisch, ein tolles Bild". Kurze Pause. „Bei uns in Bayern wäre das nicht denkbar". Anmerkung des Verfassers: das Bundesland ist austauschbar.

Die „Waldhöhenweger", Teil 4

Der Waldhöhenweg ist eine friedliche und ruhige Straße. Nur ab und zu wird die Stille unterbrochen durch ein Auto, das die Stichstraße befährt. Ein Anwohner vielleicht oder ein Besucher, vielleicht auch nur ein Fremder, der sich schlichtweg verfahren hat. Ab und zu hört man das Geräusch eines Rasenmähers oder einer Kreissäge oder aber einer der Waldhöhenweger bastelt an seinem Haus. So auch jetzt. Vor dem Haus Nr. 10 wird gewerkelt. Die Elektrosäge kreischt und Hammerschläge erfüllen die Luft. Hier im Haus Nr. 10 wohnt die Familie Weber. Vater, Mutter und zwei Söhne, 5 und 8 Jahre alt. Hartmut Weber ist in zweiter Ehe verheiratet. Er hatte einmal mit seiner ersten Ehefrau ein Haus besessen in einer Nachbargemeinde. Ein hübsches Häuschen mit Terrakottalöwen rechts und links der Eingangspforte. Der Garten gepflegt, das Haus schmuck herausgeputzt. Ein Idyll, allerdings von nicht allzu langer Dauer. Denn Hartmut Weber wollte mehr und ließ sich auf Geschäfte ein, die ihm irgendwann über den Kopf wuchsen. Schulden häuften sich an, die er nicht mehr begleichen konnte, die Ehe zerbrach, der Staatsanwalt hatte ein Auge auf ihn geworfen und er suchte, was ihm für sich am geeignetsten erschien, nämlich das Weite. Mit anderen Worten, er tauchte unter, und zwar in Ghana.

Hier lebte er ein paar Jahre. Und hier lernte er auch seine jetzige Ehefrau Joana kennen. Als sich die Schatten seiner Vergangenheit ein wenig gelichtet hatten, kehrte er in seine alte Heimat zurück, mit Joana und seinen beiden Jungen. Im Waldhöhenweg fanden sie neben dem zur Miete angebotenen Reihenhaus Zuflucht und Geborgenheit. Und sie brachten etwas Farbe und Abwechslung in die Siedlung. Die Kinder toben mit ihren Skateboards durch die Siedlung, Joana hat eine Anstellung gefunden in einem heimischen Restaurant und Hartmut selbst. Nun, er ist auch beschäftigt, wobei die Art seiner Tätigkeit eher im Dunkeln bleibt. Jedenfalls tauchen in regelmäßigen Abständen Kleinlaster unbekannter Herkunft vor dem Grundstück auf, fahren rückwärts bis an das Garagentor und dann beginnt ein emsiges ab- bzw. aufladen von Kisten und Kartons. Heute nicht, heute sind Hartmut und Joana im Vorgarten beschäftigt. Eine Müllbox soll gebaut werden. Hartmut sägt und schraubt und Joana hat den großen Topf mit weißer Farbe in der Hand und sorgt für einen eleganten Anstrich. Am Abend ist das Werk vollendet. Morgen wird es fest im Boden verankert werden.

Der Morgen kommt und die Arbeiten an der Müllbox werden vollendet. Dazu bedarf es einer festen Verankerung im Boden. Harald verankert und gemeinsam mit seiner Frau setzt er die Box auf den dafür vorgesehenen Platz. Geschafft – das Werk ist vollendet. Zur Freude von Harald und Joana. Die weiß lackierte Müllbox steht und strahlt. Nicht so die Nachbarn. Denn alsbald macht sich bei den Waldhöhenwegern Ärger breit. Nichts geht mehr. Jedenfalls nichts, was in irgendeiner Weise auf elektrische Energie angewiesen ist. Der Energieversorger wird alarmiert. Und bald darauf erscheinen ein paar Mitarbeiter des Stromversorgungsunternehmens mit Messgeräten. Sie gehen von Haus zu Haus, prüfen die Anschlüsse, schauen auf ihre Geräte, schütteln mit den Köpfen. Totaler Stromausfall, jedenfalls ab Hausnummer 10. Die Ursache hierfür bleibt auch nicht lange geheim: der feste Stahlanker der Müllbox hat das im Erdreich verlegte Stromkabel kontaktiert. Und zwar derartig heftig, dass es zur Arbeitsverweigerung übergegangen ist und keine Lust mehr hat, seiner Leitungsfunktion nachzukommen. Die Straße muss aufgestemmt, der Erdboden entfernt und das Kabel erneuert werden. Keine einfache und vor allem keine billige Angelegenheit. Joana steht im Hauseingang und beobachtet mit besorgter Miene die Arbeiten im Vorgarten. Hartmut zieht es vor, durch Abwesenheit zu glänzen.

Erst am Nachmittag sind die Arbeiten beendet und die Waldhöhenweger können aufatmen. Sie können wieder fern sehen und auf dem Herd das Abendessen zubereiten. Oder auch nur bei Licht ihr schönes Eigenheim betrachten. Sie sind wieder voller Energie.

Ein paar Tage später erhält Hartmut Post vom Stromversorgungsunternehmen. Fein säuberlich ist dort aufgeführt, was die Arbeiter den ganzen Tag über in seinem Vorgarten geleistet haben. Der Aufwand ist auch in eine Summe gekleidet, die so hoch ist, dass ihm fast die Augen aus dem Kopf springen. Dafür hätte er mehrere Müllboxen aufstellen können, in Edelstahl sogar. Hartmut hat das Geld nicht. Woher auch. Und er tut, was er in solch prekären finanziellen Situationen zu tun pflegt: er sucht das Weite.

Gerüchten zufolge hält sich Harald in der Dominikanischen Republik auf. Er soll auch ein neues zuhause gefunden haben bei einer Inselschönheit. Joana indessen sitzt zu Hause. Mit ihren Kindern, die weiterhin sorglos auf ihren Skateboards durch den Waldhöhenweg fahren. Wie lange noch? Das Geld, das sie durch ihre Tätigkeit nach Hause trägt, deckt kaum die Miete. Das Mitleid der Waldhöhenweger ist ihr sicher. Aber davon kann sie sich auch nichts kaufen. Wie gesagt, der Waldhöhenweg ist eine friedliche und ruhige Straße. Hier lebt man beschaulich und für sich – nur für sich.

Erinnerungen

Sylvio Paul schlendert beschwingt durch die Straßen Mittelstadts. Hin und wieder wird er von vorbeieilenden Bürgern gegrüßt und grüßt zurück. Er ist gut gelaunt und betrachtet wohlwollend die restaurierten Fassaden der Bürgerhäuser seines schmucken Städtchens. Warum geht ihm als ehemaligem Deutschlehrer gerade jetzt Schillers „Ring des Polykrates" durch den Kopf?

Er stand auf seines Daches Zinnen,

er schaute mit vergnügten Sinnen

auf das beherrschte Samos hin.

„Dies alles ist mir untertänig",

so sprach er zu Ägyptens König,

„gestehe, dass ich glücklich bin."

Oh, ja. Sylvio Paul ist glücklich. Die Veranstaltung im Schlosshof als Generalprobe für das große Stadtfest im kommenden Jahr war ein voller Erfolg, die Vorbereitungen hierfür laufen wie geschmiert und der Ärger mit dem Einkaufszentrum ist vom Tisch. Man hat erst vor wenigen Tagen einen hervorragenden Vergleich schließen können, so dass sicherlich bald der Geschäftsbetrieb dort in vollem Umfang aufgenommen werden kann.

Das Leben eines Oberbürgermeisters kann so erfreulich sein, bisweilen jedenfalls. Und heute ist ein solcher Tag. Keine schwierigen Amtsgeschäfte, sondern die Gratulation zu einem 90igsten Geburtstag steht an. Im Seniorenheim – und dahin ist

Sylvio Paul nunmehr unterwegs. Vorbei an parkenden Autos, hastenden Fußgängern und den Hinweisschildern in dieser Stadt, die Sylvio Paul hat anbringen lassen und auf die er so stolz ist.

Er wird schon erwartet von Willi Zimmermann, dem Jubilar, dem man seine 90 Lenze nicht ansieht. Er sprüht geradezu vor Energie und lädt den Oberbürgermeister erst einmal auf ein Gläschen Cognac ein. In gewisser Weise hat er die Stadtgeschichte von Mittelstadt auch ein bisschen geprägt. Er ist ein Sohn dieser Stadt, hat in vielen Vereinen mitgewirkt, war im Stadtrat und hat sich immer wieder für die Belange seiner Mitbürger eingesetzt, wenn er gebraucht wurde. Vor ein paar Jahren hat er sein kleines Haus in der Stadt verkauft und ist in die Altenresidenz gezogen. Und auch hier ist er noch aktiv als Sprecher im Beirat des Seniorenheimes.

Die Gratulation seines Gastes und das Geschenk für seinen Ehrentag nimmt er bewegt entgegen, während er das leere Glas des Oberbürgermeisters erneut füllt. Der schaut sich inzwischen interessiert in dem kleinen Altersunruhesitz des Jubilars um. Die Wand ist übersät mit Fotos. Auf allen ist Willi Zimmermann zu sehen. Mal mit einem Pokal, der ihm in die Hand gedrückt wird, ein anderes Mal wird nur die Hand gedrückt oder der Jubilar blickt gemeinsam lächelnd mit einem oder mehreren anderen Personen in die Kamera. Vergilbte Bilder, ein bewegtes Leben an der Wand. Ein paar der abgebildeten Personen kann Sylvio Paul identifizieren: Politiker, die schon längst nicht mehr im Amt sind. Auch Sportsgrößen vergangener Zeiten. Schließlich war Willi Zimmermann auch einmal Präsident des Trabrennvereines in der Landeshauptstadt. All das ist Geschichte.

„Ja, mei Guddster", die noch immer feste Stimme seines Gegenübers reißt den Oberbürgermeister aus seinen Träumen, „ die Bilder schaue ich mir jeden Tag an. Ich kenne sie auswendig, jeden Blick, jede Geste. Aber ich freue mich daran, denn so weiß ich, dass nichts vergebens war in meinem Leben. Ich kann ihnen auch zu jedem Bild eine Geschichte erzählen, aber ich glaube nicht, dass sie das wirklich hören wollen". Sylvio Paul hebt die Arme: „Nein, nein", sagt er, „ich habe Zeit mitgebracht. Und ich bin neugierig." „Na denn, Jungchen", lacht Willi, „ich habe sie gewarnt". Und dann beginnt er, seinen Lebenslauf zu schildern. 90 Jahre

Mittelstädter Geschichte ziehen in bewegten Bildern an Sylvio Pauls Augen vorbei. Die Jugendzeit Willi Zimmermanns in den bewegten 30iger Jahren des vergangenen Jahrhunderts. Mittelstadt lag abseits, unbedeutend für die Weltgeschichte. Aber die Menschen lebten glücklich hier am Rande des Mittelgebirges. Dann die dunklen Jahre des Nationalsozialismus und des Zweiten Weltkrieges, die er zeitweise als junger Soldat an der Heimatfront erleben musste. Es folgten die schweren Jahre nach Kriegsende und die Aufbaujahre – Hochs und Tiefs. Aber es waren ereignisvolle Jahre für den Erzählenden, die wichtigsten in seinem Leben. In dieser Epoche konnte er sich einbringen, etwas bewegen. Er konnte sich engagieren und wurde respektiert.

Aber er hatte auch Gegenspieler, die seine Erfolge neideten. Er berichtet über die einheimischen Familien und darüber, wer mit wem verbandelt ist und wer gar nicht miteinander kann. Streitigkeiten zwischen Familien, die vor vielen Jahren entflammt sind und noch heute andauern, obwohl niemand mehr die Ursache des Zwists kennt. Große Feiern hat die Stadt erlebt aber auch Unglücke und Katastrophen in den 90 Jahren seines Lebens. Vieles davon hat er mitbekommen und nichts davon will er missen.

Sylvio Paul ist ein höflicher Mensch. Und allein aus Respekt vor dem Alter des Erzählenden und aus Höflichkeit hat er anfangs seinen Ausführungen gelauscht. Etwas gelangweilt zunächst, dann aber immer aufmerksamer und interessierter und dabei gar nicht gemerkt, dass er sich selbst das eine oder andere Glas Cognac nachgeschenkt hat. Er selbst ist nicht von hier, sondern erst später zugezogen. Umso wertvoller für ihn sind die Geschichten von Willi Zimmermann. Insbesondere die, die quasi das Innenleben Mittelstadts beleuchten. Er beginnt zu verstehen, warum in der einen oder anderen Stadtratssitzung plötzlich einige Stadträte – ohne erkennbaren Grund – aufeinander losgehen oder warum sich Koalitionen bilden, die eigentlich gar nicht zusammenpassen. Er beginnt, so manche Situation zu begreifen, bei denen die Bürger, mit denen er es zu tun hatte so völlig anders reagiert haben, als er es erwartet hatte. Und er bedauert, dass er nicht schon früher mit Willi Zimmermann oder einem anderen „Ureinwohner" von Mittelstadt gesprochen hat. Aber die Amtsgeschäfte, die Termine – sie sind schuld daran, dass man manchmal Dinge vor sich herschiebt, die später nicht mehr nachholbar sind. Er wird es sich merken.

Willi Zimmermann beendet seine Ausführungen. „Habe ich sie gelangweilt, Herr Oberbürgermeister?" fragt er lachend. Der so Angesprochene schüttelt den Kopf und blickt ernst auf den rüstigen Jubilar: „Nein, keineswegs, ich bin ihnen vielmehr zu Dank verpflichtet. Sie haben mir in kurzer Zeit Mittelstadt viel näher gebracht, als ich das in den Jahren meiner Amtstätigkeit erleben konnte. Dafür danke ich ihnen von ganzen Herzen."

Bevor Sylvio Paul den Senior verlässt, stoßen sie noch einmal auf diesen denkwürdigen Nachmittag an. Und noch einmal meldet sich Willi Zimmermann zu Wort: „Auch ich möchte mich bedanken. Dafür, dass sie gekommen sind, um mir zum Geburtstag zu gratulieren. Aber viel mehr noch danke ich ihnen dafür, dass sie mir zugehört haben. Es kommt nicht mehr sehr häufig vor, dass einem zugehört wird. Jeder will sich heutzutage selber hören und nicht mehr das, was andere sagen. Und deshalb, Jungchen – Entschuldigung, Herr

Oberbürgermeister. Deshalb gebe ich ihnen eine Erfahrung mit auf den Weg, die sehr hilfreich sein kann. Im Leben und im Beruf : bevor sie sich zu einer Sache äußern und sich dadurch vielleicht ungewollt festlegen, hören sie erst, was andere sagen, prüfen sie, wägen sie ab – und erst dann nehmen sie Stellung. Ein Grundsatz, der mir immer geholfen hat."

Sylvio Paul verabschiedet sich und macht sich auf den Rückweg ins Rathaus. Er ist immer noch glücklich, aber auf ganz andere Weise als vorhin. Er ist glücklich darüber, dass er einen zufriedenen, in sich ruhenden Menschen kennengelernt hat und von diesem noch einiges hat lernen können.

Der störrische Herr Ferstl

Ein schöner lauer Sommerabend. Sören Seier ist auf dem Weg zur Waldbühne. Der Schützenverein feiert dort sein Jahresfest. Man ist unter sich. Man ist gerne unter sich im Schützenverein. Und man sucht sich die Mitglieder aus, die zu einem passen. Es geht nicht an, dass jeder Hinz und Kunz Mitglied im Schützenverein werden könnte. Schließlich schaut man auf eine lange Tradition zurück und ist wohl auch der älteste Verein in Mittelstadt. Da muss die Chemie stimmen zwischen den Mitgliedern.

Sören Seier nähert sich der Bühne. Ab und zu dröhnen Böllerschüsse durch den Wald. Der Chef des neu gegründeten „Kultur- und Heimatvereins" hasst Böllerschüsse, er hasst jegliches Geknalle. Aber die Ballerei gehört ja offenbar zu einem Schützenverein. Das muss man hinnehmen, zumal wenn man quasi als Bittsteller kommt. Doch was soll der Quatsch: „Bittsteller?" Der Schützenverein erhält jedes Jahr eine stattliche finanzielle Förderung durch die Stadt, da muss es ihm zur Ehre gereichen, ja geradezu Pflicht sein, im Festumzug präsent zu sein und bei den Aktivitäten zur 800-Jahr-Feier mitzuwirken. In gewisser Weise ist ja die Geschichte der Stadt mit der Schützentradition verbunden.

Die Waldbühne ist erreicht. Auf dem Platz vor der Bühne befindet sich ein Festzelt, gefüllt mit angeheiterten Schützen in ihren grünen Uniformen mit allen möglichen Orden und Abzeichen auf der Brust, mit grünen, federgeschmückten Hüten auf dem Kopf und einem Bierkrug in der Hand. Gehört dazu, wegen des „Zielwassers". Freunde, Bekannte, Familienangehörige der Schützenbrüder komplettieren die

Ansammlung. Im Hintergrund spielt eine Kapelle, deren Klänge angesichts des Stimmengewirrs, das im Zelt herrscht, kaum zu verstehen ist. Sören Seier betritt das Festzelt und sieht sich um. Man beachtet ihn nicht, kaum jemand nimmt Notiz von ihm. Er aber sucht gezielt nach Hermann Ferstl, dem Präsidenten des Schützenvereins. Ganz vorn an der Theke steht das Schützenoberhaupt. Auch er mit einem gefüllten Bierkrug in der Hand. Ausgelassen unterhält er sich mit einigen Vereinskollegen. Sören Seier weiß, dass es nicht leicht sein wird, Hermann Ferstl von der Wichtigkeit seiner Mission zu überzeugen. Ihm ist auch bekannt, dass Hermann Ferstl kein einfacher Mensch ist. Früher im Baugewerbe tätig, wo per se ein rauer Ton herrscht, hat er sich frühzeitig zur Ruhe gesetzt und sein ganzes Engagement auf den Schützenverein geworfen. Der Verein ist alles für ihn, hier findet er Bestätigung und Anerkennung. Es tut ihm gut und er ist deshalb auch sehr von sich und seinen Fähigkeiten überzeugt. Und wer daran zweifelt, kann sehr schnell erleben, dass Hermann Ferstl zum Jähzorn neigt und gelegentlich auch ausrasten kann. Nicht gut für einen Schützen, denkt Sören bei sich, obwohl er zu den gleichen Eigenschaften neigt. Aber er ist ja auch kein Schütze. Sören Seier kämpft sich durch die ausgelassenen Schützen bis zur Theke vor, wobei er mitbekommt, dass vor dem Festzelt noch der eine oder andere Böllerschuss abgegeben wird. Hoffentlich nicht in die falsche Richtung.

Hermann Ferstl`s Begeisterung hält sich in Grenzen, als er Sören Seier erblickt. Er kennt ihn eigentlich kaum, weiß nur, dass er mit der Organisation der 800 Jahr-Feier zu tun hat. Und damit will er heute wirklich nicht belastet werden. Immerhin folgt er Sören, als dieser ihn zum Gespräch vor das

Festzelt bittet. Dort versucht Sören, dem Oberschützen sein Anliegen zu verkaufen: das bevorstehende Großereignis ist hinreichend bekannt. Dass der eigens gegründete Verein die Organisation in den Händen hat, hat sich auch rumgesprochen. Daran sollen möglichst alle Vereine der Stadt mitwirken, am Festumzug und an verschiedenen weiteren Attraktionen. Und der Schützenverein ist nun mal der älteste Verein in der Stadt, hat Stadtgeschichte geschrieben und seine Mitwirkung ist bereits von daher unverzichtbar. „Eben", unterbricht Hermann Ferstl seinen ungebetenen Besucher, „ weil wir etwas Besonderes sind, ein Traditionsverein mit langer Geschichte, lassen wir uns nicht in ein Korsett pressen.

Wir werden natürlich das Jubiläum   auch feiern, der
Bevölkerung etwas bieten. Dazu aber brauchen wir euch
nicht."

Sören hatte etwas Ähnliches erwartet, ist aber dennoch von der
Wucht der Ablehnung überrascht. Und so langsam beginnt er
sich darüber zu ärgern, dass er das Amt des Vorsitzenden
seines Vereines angenommen hat. Wie hat der Bürgermeister
so schön gesagt, er solle lediglich repräsentieren und
koordinieren. Und jetzt geht er hier Klinken putzen, während
seine Vorstandsfreunde zu Hause sitzen. Schönen Dank auch.

Inzwischen stehen die beiden nicht mehr alleine vor dem
Festzelt. Ein paar weitere   Grünberockte haben sich
dazugesellt und verfolgen das Gespräch von Sören Seier und
Hermann Ferstl. Letzterer zieht einen seiner Schützenbrüder
am Arm nach vorne: „Das ist Detlev König, ein langjähriger
Schützenbruder und Heimatfreund   und mein designierter
Nachfolger, wenn ich im nächsten Jahr als Präsident aufhören
werde. Er sieht das genauso wie ich". Sören kennt Detlev
König. Ein ganz anderer Typ als Hermann Ferstl. Im richtigen
Leben Verwaltungsangestellter, was sich nicht verleugnen
lässt. Nicht zu bestreiten   ist auch, dass er   heimat- und
geschichtsinteressiert ist.   Ganz ausgeprägt sogar. Er hat
tiefschürfende Bücher geschrieben über Wanderwege in der
Umgebung, über Naturdenkmäler rund um Mittelstadt und
über die heimische Flora und Fauna. Aber Detlev König
verfügt noch über ein besonderes Merkmales: er ist   ein
absolut knochentrockener, um nicht zu sagen langweiliger
Mensch mit eingeschlafenen Gesichtszügen und einer
Einstellung, die vielleicht im vor- vorigem Jahrhundert als
progressiv hätte angesehen werden können. Emotionen zu

137

zeigen, ist ein Fremdwort für ihn. Statt aufbrausend zu werden wie Hermann Ferstl, wirkt er bedächtig und freudlos. Ein Mensch, dem man im Gehen die Hose flicken kann, wie es ein berühmter Komiker einst formuliert hat über eine derartige Spezies von Mensch , denkt Sören bei sich, als der so beschriebene sich zu Wort meldet :"Mein Schützenbruder hat völlig Recht. Wir sind wir. Der Schützenverein von Mittelstadt. Wir pflegen, unsere Veranstaltungen selbst auszurichten. Wer mitmachen will: bitte schön. Aber nicht anders herum". „Recht so", Hermann Ferstl schubst seinen Nachfolger in spe, der seine Ausführungen in bedeutungsvoll getragener Langeweile vorgetragen hat, etwas unsanft wieder zurück. „Ihr macht euren Kram, wir den unseren und dann hat sich das, kapiert".

Sören Seier hat kapiert, gibt sich aber noch nicht geschlagen. Mit einschmeichelnden Worten versucht er den Oberschützen zu beruhigen und die hinzugekommenen Schützenbrüder zu überzeugen, dass es für Mittelstadt sehr wichtig ist, wenn eine koordinierte Feier stattfindet, wenn alle Vereine und Akteure an einem Strang ziehen. Über die Modalitäten könne man ja sprechen. Aber die Gemeinsamkeit ist es doch, die stark macht. "Stark sind wir alleine. Basta. Ich glaube ich habe mich deutlich genug ausgedrückt!" Hermann Ferstl beendet das Gespräch und erhält deutliche Zustimmung seiner Mitschützen. Sie nehmen ihren Vereinspräsidenten in die Mitte, klopfen ihm auf die Schultern, drehen sich um und verschwinden in der lauten Geräuschkulisse des Festzeltes.

Sören Seier bleibt zurück. Ein begossener Pudel, aber einer, der innerlich schäumt. So springt man nicht um mit einem Sören Seier.

Der sich gedemütigt fühlende Vorsitzende des „Mittelstädter Kultur- und Geschichtsvereins" stürmt mit hochrotem Kopf von der Waldbühne zurück in die Innenstadt. Auf dem Weg dorthin führt er einige Telefonate, bearbeitet sein Handy und trommelt seine Vereinsmitglieder zusammen: Treffpunkt – und zwar unverzüglich - die „Heiße Ecke" von Joachim Flöter am Pferdemarkt. Selbiger steht an seinem Herd und taucht gerade eine Portion Pommes Frites in das kochende Öl eines großen Topfes, als Sören Seier die Kneipe betritt. Es wäre gelogen, wollte man behaupten, dass er sich auf dem Weg hierher abreagiert hätte. Ganz im Gegenteil, es hat den Anschein, dass die Wut über das Erlebte noch zugenommen hat. Er lässt sich auf einen freien Platz fallen- um diese Zeit gibt es viele freie Plätze in Joachim Flöters Kneipe. Hochbetrieb herrscht hier gewöhnlich wochentags während der Mittagszeit, wenn die Berufstätigen aus der Nachbarschaft oder auch Schulkinder schnell einmal eine Currywurst oder ein Schnitzel vertilgen wollen, oder abends, wenn eine Sportveranstaltung im Fernseher übertragen wird. Dann geht es hier schon mal zur Sache.

Erst, nachdem ihm Joachim Flöter ein großes Bier gezapft hat und Sören es, fast ohne das Glas abzusetzen, geleert hat, kommt er ein wenig zur Ruhe. Und so kann er dem Kneipier berichten, was ihm auf der Waldbühne widerfahren ist. Während der Schilderung des Geschehens treffen so nach und nach auch die anderen Vereinsrepräsentanten ein und können so Zeuge der Schilderung werden. Unisono schütteln sie ihre Köpfe und äußern Unverständnis über das Verhalten des Schützenvereins. „Das gehöre sich nicht" und „Man müsse doch zusammenhalten", so ihre Reaktion. „Ist ja toll, das ihr das auch so empfindet", bemerkt Sören Seier und steigert sich

139

in einen neuen Wutanfall: „Ihr sitzt hinter dem warmen Ofen und bedauert mich. Aber die Drecksarbeit soll ich alleine machen. Ihr hättet doch auch mal mit dem Pack vom Schützenverein verhandeln können. Aber nein – der Sören wird`s schon richten. Aber nicht mit mir, meine Herren. Seht zu, wie ihr ohne mich zurechtkommt".

Sagt`s, steht auf und verlässt das Lokal. Zurück bleiben ein paar nicht wenig verdutzt schauende Mitglieder des „Mittelstädter Kultur- und Geschichtsvereins". Was nun? Nach einer Pause, in der sich die Versammelten ein wenig betreten ansehen, räuspert sich Hans Billig und ergreift das Wort: „Joachim, auf diesen Schreck brauchen wir erst einmal etwas Klares, damit wir klar sehen können. Und dann machen wir weiter wie bisher. Ich kenne unseren guten Sören nur zu gut und weiß, dass er sich nicht nur schnell aufplustern kann, sondern ebenso schnell ist die Luft wieder entwichen. Schließlich will seine Frau ja T-Shirts verkaufen beim Stadtjubiläum und Kaffeetassen. Also- alles halb so wild. Wir machen weiter wie bisher. Unser kleiner Wortgigant wird sich schon beruhigen- und die versoffenen Schützen kriegen wir auch ins Boot, wenn sie wieder nüchtern sind".

Problem erkannt – Problem gebannt. Die verbliebene Runde stößt an auf den Schreck. Nicht das einzige Glas an diesem Abend. Derart beschwingt schaut man gelassen in die Zukunft.

Ziemlich beste Freunde

Es gibt Menschen, die verfügen über die besondere Fähigkeit, sich mit jedem, aber wirklich mit jedem anzulegen. Ihre Maxime heißt: Streit, um des Streites willen. Gregor Sulzbach gehört zu dieser Spezies von Mensch. Freunde hat er nicht. Aber: viel Feind, viel Ehr, ist ja auch eine Devise, mit der man leben kann. Jedenfalls Gregor Sulzbach.Und das nicht gerade schlecht. Er besitzt einen großen Baustoffhandel in Mittelstadt, zu dem er gekommen ist, wie die Jungfrau zum Kinde. Er hat ihn geerbt. Eigentlich gehört er gar nicht in diese Region, hat ganz woanders gelebt. Und hat sich dort mehr schlecht als recht mit Geschäften der unterschiedlichsten Art rumgeschlagen. Dann kam die unverhoffte Erbschaft. Und nun zählt er in Mittelstadt zu den wenigen, die für das Gewerbesteueraufkommen im Wesentlichen verantwortlich sind. Völlig zu Unrecht, wie er meint. Und streitet sich mit der Stadt um die Höhe der Steuer, die von ihm abverlangt wird.

Die Bauhandwerker der Region sind auf seinen Betrieb angewiesen. Das weiß er sehr gut und nutzt diese Monopolstellung auch weidlich aus. Streitigkeiten mit seinen Abnehmern sind die Folge, da er nicht zu Unrecht davon ausgeht, dass ohne ihn nichts geht. Freunde gewinnt er dadurch nicht. Aber seine Preispolitik füllt die Taschen, seine jedenfalls. Und so muss er auch nicht auf dem Firmengelände wohnen wie sein Erbonkel es jahrzehntelang getan hat. Eine schmucke Villa am Stadtrand von Mittelstadt mit Pool und schöner Aussicht tut es auch.

Ach ja, das Firmengelände. Ein großes Areal im südlichen Bereich der Stadt. Mit einem kleinen Schönheitsfehler: Mitten auf dem großen Gelände befindet sich ein kleines Eigenheim, umgeben von Sulzbachs Betrieb. Ein nerviger Schönheitsfehler. Aber es ist nun mal so, das Grundbuch ist unerbittlich. Armin und Renate Kuhbier besitzen dort ein Häuschen mit ca. 500 qm. Land. Eigenes Haus, eigenes Land. Eine Enklave mitten in Sulzbachs Refugium. Ein absolutes Ärgernis, zumal die Kuhbiers so stur sind, ihr Eigentum nicht veräußern zu wollen. Jedenfalls nicht zu dem Spottpreis, den Gregor Sulzbach zu zahlen bereit ist. Da hilft nur eines: die Macht des Faktischen. Und die sieht so aus, dass Gregor Sulzbach die Zufahrt zu seinem Grundstück verschließt. Rigoros. Damit sind Kuhbiers abgeschnitten von der Welt. Sie können zwar ungehindert ihr Häuschen samt Garten nutzen, aber nicht mehr verlassen.

Das geht gar nicht, meint auch das Gericht und räumt Kuhbiers ein Wegerecht ein. Eine klare Fehlentscheidung, empfindet Gregor Sulzbach. Störenfriede haben auf seinem Grundstück nichts zu suchen.

Also muss man sich anderer Mittel bedienen, um sich der Kuhbiers zu entledigen. Dass die Auseinandersetzung zwischen Gregor Sulzbach und Renate und Armin Kuhbier begleitet wird von verbalen Entgleisungen, muss sicherlich nicht besonders erwähnt werden. Und auch die Presse findet Gefallen an der Berichterstattung, am Kampf zwischen David und Goliath. Die Sympathien jedenfalls sind eindeutig verteilt. Doch das ficht jemanden wie Gregor Sulzbach nicht an. Es steht nicht in seiner Absicht, irgendeinen Preis für besonders faires Verhalten zu bekommen. Sein Ziel ist relativ klar abgesteckt: Kuhbiers müssen verschwinden. Er plädiert praktisch für eine Kuhbierfreie Zone.

Und deshalb wendet er eine ausgeklügelte Zermürbungstaktik an: die Anlieferung der Baustoffe mit Schwerlasttransportern hat künftig sehr früh zu erfolgen, damit der normale Geschäftsbetrieb nicht gestört wird. Und sehr früh ist nun auch einmal sehr früh. 5 Uhr morgens scheint die geeignete Zeit zu sein. Und so rattern die gewichtigen Lastkraftwagen zu dieser Zeit auf sein Grundstück und entladen ihren Ballast unter entsprechender Geräuschentwicklung. Ein Umstand, der wie zu erwarten, bei Kuhbiers nicht gerade zu Freudenausbrüchen führt.

Das Gericht stimmt ihnen insoweit zu und erklärt die Sulzbachsche Entladungsstrategie für rechtswidrig. Eine klare Fehlentscheidung, so empfindet es jedenfalls Gregor Sulzbach.

Neue Strategie : Mauerbau. Das soll ja in der Vergangenheit schon wiederholt zu ungeahnten Erfolgen geführt haben. Warum nicht auch hier. Der Baustoffhändler lässt rund um das Kuhbiersche Grundstück Berge von Baumaterialien errichten. Betonkübel stapeln sich auf der einen Seite bis zu einer Höhe, die jede Licht- und Sonnenzufuhr ins Kuhbiersche Haus ersticken lässt. Auf der anderen Seite sind es Pfähle und Holzgerüste. Auch Paletten von Ziegeln und Mauersteinen sind geeignet, einen Schutzwall abzugeben. „Fehlt nur noch ein Dach darüber", freut sich Gregor Sulzbach, „dann wäre von Kuhbiers gar nichts mehr zu sehen". Das geht gar nicht, meint das Gericht und erläutert dem Unternehmer, welche nachbarschützenden Vorschriften er verletzt hat. Ganz zu schweigen davon, dass es auch ein Recht auf freie Entfaltung der Persönlichkeit gibt, das durch das Verhalten des Baustoffhändlers in ganz massiver Weise verletzt worden sei . Und, so die mahnenden Worte des Gerichts, Herr Sulzbach

143

betreibe ein Gewerbe, und zwar im Wohnbereich. Mithin sei er schon von daher potentieller Störer und müsse sich sehr stark einschränken, wenn er seine Gewerbeerlaubnis für diesen Standort nicht verlieren wolle. Eine erneute klare Fehlentscheidung. Jedenfalls in den Augen Gregor Sulzbachs.

Er sucht nach weiteren Möglichkeiten, wie er sich der vermeintlichen Parasiten auf seinem Grundstück entledigen kann.

Es ist Nacht. Tiefschwarze Nacht. Armin Kuhbier wacht durch ein Geräusch auf, das durch das geöffnete Fenster aus Richtung des Bürogebäudes vom Baustoffhandel zu ihm dringt. „Was lässt sich der alte Störenfried nun wieder einfallen?" geht es ihm durch den Kopf. Er schaut aus dem Fenster, kann aber nichts erblicken. Sollte er sich getäuscht haben? Aber nein, da ist es wieder, das Geräusch. Ein Kratzen? Ein Bohren? Er ist sich nicht sicher. Nur so viel ist klar – mit Gregor Sulzbach hat das nichts zu tun. Der würde direkter vorgehen, würde seine Macht ausspielen wollen. Das hier sieht anders aus, gerade so, als mache sich jemand an der Bürotür zu schaffen. Armin Kuhbier zögert nicht. Er will der Sache auf den Grund gehen.

Leise, damit seine Frau nicht wach wird, kleidet er sich an. Er sucht nach einer Taschenlampe und nach einem Gegenstand, mit dem er sich gegebenenfalls verteidigen kann, wenn es darauf ankommen sollte. Die eiserne Kohlenschaufel, die sich am Kamin befindet, scheint ihm gerade recht zu sein. Und das Handy – er steckt es in die Hosentasche. Leise, ganz vorsichtig, pirscht sich Armin durch sein Grundstück und nähert sich dem Bürogebäude von Gregor Sulzbachs Firma. Er hat sich nicht getäuscht. In der Dunkelheit erkennt er zwei Gestalten, die sich an der Bürotür zu schaffen machen. Jetzt geht sie auf, und die zwei dunkel gekleideten Gestalten huschen ins Haus.

Armin schleicht vorsichtig weiter voran. Bis zum Büroeingang. Dort nimmt er Lichtreflexe war. Offensichtlich durchsuchen die Eindringlinge das Büro in der Hoffnung, etwas Werthaltiges zu finden. Armin Kuhbier ist sich seiner Situation bewusst. Ein Held ist er nicht. Den Raum zu betreten und die zwei – vielleicht sind es ja sogar noch mehr, die er nicht wahrgenommen hat - an ihrem unrechtmäßigen Handeln zu hindern, wagt er nicht. Aber er hat genug gesehen, um die Polizei anrufen zu können. Vorsichtig zieht er sich ein wenig zurück, fingert sein Handy aus der Hosentasche und wählt die Notrufnummer der Polizei. Dabei kann er nicht verhindern, dass das Display aufleuchtet und ihn sowie seine Umgebung mit einem weiß-bläulichem Lichtschein anstrahlt. Eine Stimme meldet sich und Armin Kuhbier schafft es gerade noch, seine Beobachtungen mitzuteilen. Dann trifft ihn unvermittelt und aus heiterem Himmel ein Schlag ins Gesicht. Er geht zu Boden. Es wird dunkel um ihn herum.

Als Armin Kuhbier wieder aufwacht, ist alles um ihn herum hell, in sterilem Weiß. Er liegt im Bett, einen Verband um den Kopf. Vor ihm ein unbekannter Mann, ebenfalls ganz in Weiß gekleidet sowie seine Ehefrau Renate. Noch dabei – Armin Kuhbier meint zu träumen - sein Nachbar und Widersacher Gregor Sulzbach. „Da haben sie aber Glück gehabt, Herr Kuhbier, das hätte auch schlimmer ausgehen können", der Mann im weißen Kittel, der Stationsarzt des Krankenhauses, in dem sich der Verletzte befindet, spricht ihn mit ernsten Worten an. „Da hörst du es, Armin", Frau Kuhbier beugt sich über ihren Mann und fährt im mit der Hand über seine Stirn, „was du gemacht hast, war völlig absurd." Und von ihr erfährt er, wie das weitere Geschehen abgelaufen ist. Die Polizei war nur wenige Minuten nach Armins Anruf am Tatort und hat nach einer Verfolgungsjagd zwei Täter stellen können. Armin selbst hat man erst gefunden, als die Spuren des Einbruchs untersucht wurden. Er lag etwas abseits unter einem Gebüsch, besinnungslos und mit einer blutenden Kopfwunde. Im Krankenhaus hat man dann eine Gehirnerschütterung diagnostiziert. Keine weiteren Verletzungen. Abhandengekommen war nichts, weil die Täter nach ihrem Entdecken offenbar schnell die Flucht hatten antreten wollen. Wie geschildert – vergeblich.

Und nun meldet sich auch Gregor Sulzbach zu Wort, ein wenig verlegen, was so gar nicht seine Art ist: „Lieber Herr Kuhbier. Ich bin ihnen zu außerordentlichem Dank verpflichtet. Ihr Mut und ihre Entschlossenheit haben verhindert, dass die schnöden Verbrecher sich an meinem Eigentum haben vergreifen können." Klingt ganz schön schwülstig, aber hört sich doch gut an, denkt Armin und lauscht weiter. „ Ich habe ein paar wichtige Papiere in meinem Büro liegen. Nicht auszudenken, wenn sie in falsche Hände geraten wären. Also noch einmal : ganz, ganz herzlichen Dank. Und ....." Gregor Sulzbach legt eine Kunstpause ein, räuspert sich dann und fährt fort: „Es war nicht immer die feine englische Art, die ich in der Vergangenheit ihnen gegenüber an den Tag gelegt habe. Verzeihen sie mir. Es wird nicht wieder vorkommen. Lassen sie uns das Kriegsbeil begraben. Ich bin sicher, wir werden in Zukunft gut miteinander auskommen". Hört sich gut an, denkt Armin Kuhbier. Dafür kann man auch schon mal ein bisschen Schädelbrummen in Kauf nehmen. Und laut sagt er : „Einverstanden, lassen wir die Vergangenheit ruhen. Auf eine gute Nachbarschaft". Unter Schmerzen richtet er sich ein wenig im Bett auf und streckt dem Unternehmer seine Hand entgegen. Der ergreift und schüttelt sie dankbar.

Der Beginn einer herrlichen, harmonischen Freundschaft. Oder auch nicht ? Mal abwarten, ob Gregor Sulzbach in Zukunft ruhig bleiben kann, wenn er aus seinem Bürofenster schaut auf die Enklave in seinem Grundstück, auf der Armin und Renate Kuhbier in der Sonne liegen, sich auf ihren Liegestühlen räkeln und voller Stolz ihr kleines Eigenheim betrachten.

Der hilfreiche Herr Windig

Nomen est omen. Auf Herrmann Windig trifft dieses Sprichwort zweifellos zu. Ein älterer, durchaus drahtiger Herr, dessen Markenzeichen eine abgewetzte Schirmmütze ist. Die Mitte 70 dürfte er wohl überschritten haben, obwohl man es ihm nicht ansieht. Jedenfalls dann nicht, wenn er nüchtern ist. Es wäre sicherlich vermessen zu behaupten, dass dieser Zustand bei ihm der Regelfall wäre. Eher umgekehrt. Er pflegt das damit zu erklären, dass er flüssige Nahrung, insbesondere, wenn sie vorwiegend aus Gerste, Malz und Hopfen besteht, körperlich eben viel besser vertrage.

Herrmann Windig bewohnt eine kleine Sozialwohnung in einem Wohnblock der Städtischen Wohnungsgenossenschaft. Man hat allerdings den Eindruck, dass er nur selten in seinen vier Wänden anzutreffen ist. Dann schon eher auf dem Marktplatz oder anderen belebten Plätzen und Orten in der Stadt, wo er das Treiben der Bewohner Mittelstadts verfolgen kann bzw. intensiv an diesem Treiben teilnimmt. So intensiv, dass die meisten Bürger einen großen Umweg nicht scheuen, wenn sie seiner ansichtig werden.

Wie das? Nun, ich sagte schon, dass sein Name bei ihm Programm ist. Er kennt wohl jeden Einwohner dieser Stadt, wie er umgekehrt bei jedem bekannt und wegen seines – ich möchte das einmal so bezeichnen – ausgeprägt kommunikativen Wesens gefürchtet ist. Ein Plausch hier, ein Schwätzchen da. Er schafft es, unvermittelt vor einem aufzutauchen und so lange festzunageln, bis diesem der Kragen platzt. Herrmann Windig steht dem allerdings in Nichts nach, insbesondere dann nicht, wenn der

Flüssigkeitspegel bei ihm einen bestimmten Stand überschritten hat. Dann neigt der nette ältere Herr schon einmal zu verbalen Entgleisungen mit der Folge, dass er sich hin und wieder mit Beleidigungsklagen rumschlagen muss. Völlig absurd, so empfindet das Herrmann Windig, wo er doch nichts anderes ist als ein freundlicher Mitbürger , der das Gespräch mit anderen sucht und sich auch nicht scheut, seine kostbare Zeit damit zu vergeuden, die anderen darüber aufzuklären, was in der Stadt und der Weltgeschichte passiert und welche Gerüchte gerade eben kursieren. Wichtige Dinge eben, über die jeder verantwortungsvolle Mitbürger unterrichtet sein müsste. Für diesen edlen Zweck nimmt er es dann auch in Kauf, sein ausgesuchtes Opfer so lange festzuhalten – notfalls auch wortwörtlich, indem er seine Arme einsetzt und klammert – bis der andere vor Verzweiflung sich des Fesselgriffs entledigt und die Flucht antritt. Man kann nicht sagen, dass er böse ist oder aggressiv. Nein, aber aufdringlich, penetrant aufdringlich.

Aber er kann auch anders. Insbesondere älteren Frauen gegenüber, vor allem dann, wenn sie alleine sind und in einem der altersgerechten Heime leben, kann er hilfsbereit sein, sogar auf seine Weise charmant. So schnappt er sich hin und wieder eine betagte Dame und entführt sie aus ihrer Einsamkeit. Untergehakt schlendert man in die Stadt, erledigt ein paar Besorgungen – wobei selbstverständlich Herrmann Windig die tragende Rolle übernimmt – setzt sich in ein Cafe oder viel lieber, auf eine der beiden Bänke vor der Sparkasse, von der aus man das Geschehen auf dem Markt im Blick hat und plaudert über vergangene Zeiten. Pardon. Alleine Herrmann Windig plaudert über frühere Zeiten, gibt Anekdoten aus seiner Vergangenheit preis, erzählt seine bewegte und

149

abenteuerliche Lebensgeschichte. Nach seinen Erzählungen müsste er steinalt sein, denn nie erzählt er ein Kapitel seines Daseins zweimal. Immer sind es neue Geschichten und Abenteuer. Warum sollte er sich auch wiederholen? Hauptsache ist doch, dass seine Geschichten spannend oder

anrührend sind und unterhaltsam. Dass er jedes Mal etwas anderes erzählt, merkt ohnehin keine seiner Begleiterinnen. Zum einen wechseln sie ständig und zum anderen sind sie zumeist so betagt, dass ihnen selbst gravierende Abweichungen in der Vita des Erzählers nicht (mehr) auffallen. Sie genießen es, ihm zuzuhören, er genießt es, angehimmelt zu werden.

Bei dieser Münchhausenschen Erzählkunst ist es kaum verwunderlich, dass im Grunde niemand so recht weiß, was Herrmann Windig wirklich in seinem früheren Leben gemacht hat, ob er je einer Erwerbstätigkeit nachgegangen ist oder ob er überhaupt je einen Fuß in die große weite Welt gesetzt hat. Eines allerdings dürfte wohl tatsächlich stimmen, nämlich dass er aus einer alten preußischen Offiziersfamilie stammt, in der Zucht, Ordnung und Gehorsamkeit sowie letztlich auch Trinkfestigkeit höchste Priorität besaßen. Diesen Umstand jedenfalls führt er immer wieder ins Feld, wenn er auf seine Vergangenheit angesprochen wird, selbst wenn seine Biographie ansonsten ständig variiert.

Wie gesagt, über Gerichtserfahrung verfügt Herrmann Windig hinlänglich. Keine großartigen Verfehlungen, eher Banalitäten, die in einem Zustand erfolgt waren, in dem er bereits einige flüssige Mahlzeiten zu sich genommen hatte. Mal hat er sich in seiner Wortwahl vergriffen, mal hat er zu fest zugegriffen, wenn jemand sich seiner Erzählwut entziehen wollte. „Leider sind die Menschen so nachtragend und laufen viel zu schnell zur Polizei", erzählt er dem Gericht gewöhnlich, wenn ihm wieder einmal eine Vorladung zu einem Gerichtstermin ins Haus geflattert ist. Er entschuldigt sich dann regelmäßig überschwänglich und wortgewandt, zeigt sich tief reumütig und scheut auch nicht eine schauspielerische Einlage. Bisweilen nämlich fällt er vor seinem Opfer auf die Knie, auch im Gerichtssaal, und bittet untertänig um Verzeihung. Zumeist hilft das, um relativ ungeschoren das Gerichtsgebäude wieder verlassen zu können. Man kennt ihn eben, und er kennt das Gericht.

Momentan allerdings ist er ernsthaft erbost, ehrlich richtig sauer. Der Vorstand der Städtischen Wohnungsgenossenschaft hat ihm seine Wohnung gekündigt. Praktisch ohne Voranmeldung. Er würde ständig ausschweifende Feiern in seiner Wohnung veranstalten und übermäßigen Lärm verursachen, so heißt es in der Begründung der Räumungsklage, die ihm durch die Post gerade persönlich zugestellt wurde. Die anderen Mieter des Hauses hätten sich schon mehrfach beschwert. Außerdem würde er nicht hinreichend pfleglich mit der Mietsache umgehen, sondern die Wohnung stattdessen systematisch ruinieren.

Das kann und will Herrmann Windig so nicht auf sich sitzen lassen. Wutschnaubend setzt er sich zunächst einmal spontan und voller Tatendrang an den Küchentisch und beginnt, eigenhändig eine Klagerwiderung zu schreiben. Eine ganze Nacht lang sitzt er an diesem Werk, und das – völlig atypisch - nahezu ohne die sonst gewohnte flüssige Nahrungsaufnahme. Über das Ergebnis kann er stolz sein. Auf knapp 30 eng beschriebenen Seiten gibt er zu verstehen, dass an den Anschuldigungen seiner Vermieterin nichts dran ist. Aber auch reinweg gar nichts. Die übrigen Mieter im Haus können das bezeugen. Möge das Gericht sie doch hören.

Da die Wohnungsgenossenschaft von ihren Vorwürfen dennoch nicht abläset, kommt es, wie es in solchen Fällen zu kommen pflegt. Es findet wieder einmal eine mündliche Verhandlung gegen Herrmann Windig im Mittelstädter Amtsgericht statt. Der zuständige Richter, der Direktor selbst, hat vorausschauend keine anderen Termine angesetzt. Er kennt ja Herrmann Windig und seinen Hang zur Selbstdarstellung zur Genüge. Auch die übrigen Mieter des

Hauses haben eine Ladung erhalten, sind erstaunlich brav erschienen und machen einer nach dem andere ihre Aussage. Ob es daran liegt, dass Herrmann Windig es sich nicht nehmen lässt, jeden einzelnen von ihnen selbst zu befragen und in die Mangel zu nehmen , um anschließend lange und zermürbende eigene Kommentare zu den Zeugenaussagen abzugeben, oder ob es tatsächlich so ist, dass sich seine Wohnung als eine wahre Oase der Ruhe in einem ansonsten lärmüberfüllten Wohnhaus präsentiert – so die eigene Einlassung des Beklagten - , niemand wagt es jedenfalls, irgendetwas Belastendes über ihn und sein Wohnverhalten vorzutragen. Eine unerwartete Schlappe für den sichtlich zerknirschten Vorstandsvorsitzenden der klagenden Wohnungsgenossenschaft.

Aber da ist ja noch der zweite Punkt der Klage, die heruntergekommene verdreckte Wohnung. Auch diesen Vorwurf weist Herrmann Windig energisch von sich. Und er erzählt auch an dieser Stätte des Rechts zunächst einmal lang und breit die Geschichte seiner Familie, einer auf Ordnung und Sauberkeit bedachten Offiziersfamilie, in der immer alles seine Richtigkeit gehabt habe. Ordnung und Sauberkeit, das seien immer die Maximen seines Lebens gewesen. Den Punkt mit der anerzogenen Trinkfestigkeit lässt er wohlweislich aus.

„Na schön", unterbricht ihn der schon leicht genervte Gerichtsdirektor, Herr Samoht, „ich bin ja geneigt, ihnen alles zu glauben. Aber Wissen ist besser als Glaube. Ich schlage vor, wir machen dann mal einen Ortstermin und schauen uns ihr kleines Paradies einmal an".

15 Minuten dauert der Fußweg vom Gericht zur Wohnung von Herrmann Windig. Der Weg führt über den Marktplatz, wo heute Markttreiben herrscht. So kommt es, dass der kleinen Prozession, die vom Gerichtsvorsitzenden angeführt wird, viele Augenpaare folgen. Man fragt sich, was nun wieder los ist mit Herrmann Windig, der um diese Zeit gewöhnlich mit einigen Flaschen Gerstensaft auf der geliebten Bank vor der Sparkasse zu sitzen pflegt, um nach geeigneten Opfern für seine Geschichten Ausschau zu halten. Auch Fritz Milz, der an seinem Schreibtisch im Redaktionsgebäude sitzt, wird auf den Tross aufmerksam und entscheidet sich spontan, der Gruppe zu folgen. Es kann ja nie schaden, denkt er bei sich, ein paar Zeilen wird es schon Wert sein. Herrmann Windig ist eben bekannt in der Stadt.

Kurze Zeit später hat man die Wohnung erreicht. Man tritt über die Eingangsschwelle, das Gericht, die Parteien, ein paar der neugierigen Mitbewohner, die vorhin als Zeugen noch klar Position für den Mieter bezogen hatten. Fritz Milz mit Stift und Notizblock. Es ist eine öffentliche Verhandlung und Herrmann Windig hat nichts dagegen. Wie sollte er auch. Seine Wohnung präsentiert sich zur Überraschung aller Anwesenden als gepflegt und aufgeräumt. „Nun, so zeigen sie mir mal den desolaten Zustand des Mietobjekts", wendet sich der Vorsitzende an den Kläger, nachdem er alle Zimmer abgeschritten hat, ohne Spuren von Mängel zu erkennen, die in der Klagschrift noch so drastisch dargestellt worden waren. Der Vorstandsvorsitzende sucht, sein Rechtsbeistand sucht. Vorhänge werden bei Seite geschoben, einzelne Möbelstücke von der Wand gerückt. Kein Dreck, kein Unrat, keine verschimmelten Wände. Dass im Abstellraum ein paar teilweise geleerte Bierkisten zum Vorschein kommen, darf man wohl kaum als Mangel ansehen. Verdreckte Gläser stehen jedenfalls nicht herum, zumal der Mieter seine Hauptnahrung gewöhnlich direkt aus der Flasche zu sich nimmt.

„Ich warte", Herr Samoht schaut erst den Vermieter, dann seinen Rechtsbeistand an. Ein wenig Verärgerung ist ihm schon anzumerken. „haben sie sich denn nicht vor der Klagerhebung von der Richtigkeit ihrer Angaben überzeugt?". Hat man nicht, wie sich herausstellt. Man hat auf die Gerüchte gesetzt, das Gerede über Herrmann Windig. Und ist dabei offensichtlich über das Ziel hinausgeschossen. An Ort und Stelle wird die Klage zurückgenommen. Herrmann Windig triumphiert, die übrigen Mieter, die das Geschehen vom Flur aus verfolgt haben, können sich eines Grinsens nicht erwehren, als der Vorstand der Wohnungsgenossenschaft mit seinem Anwalt fluchtartig das Gebäude verlässt, und Fritz Milz freut sich über eine nette kleine Geschichte.

Ein paar Tage später. Wieder ist Markttag in Mittelstadt. Und dieses Mal sitzt Herrmann Windig auch wieder auf seinem angestammten Platz auf der Bank vor der Sparkasse. Neben sich eine betagte Begleiterin, für die er die Einkäufe auf dem Markt erledigt hat und die ihn anhimmelt, als er wort- und gestenreich seinen Triumph vor Gericht schildert. Von dem, was er erzählt, versteht sie ohnehin nicht viel. Aber es ist doch reizend, wie sehr er sich um sie bemüht. Auch der Gerichtsdirektor schlendert über den Markt. Viel zu sehr mit den Auslagen der Marktstände beschäftigt, als dass er Ausschau nach Herrmann Windig halten würde. Vielleicht hätte er das tun sollen. Denn dieser erkennt ihn sofort, springt von seiner Bank auf und ruft mit einer Lautstärke, die man ihm nicht zugetraut hätte, so kräftig, dass einige Passanten stehen bleiben und verwundert den Kopf nach ihm umdrehen, in Richtung Marktplatz: „Da vorn, das ist Herr Samoht, der Gerichtsdirektor. Mein Freund seit Kurzem. Der beste Richter, den ich kenne." Die Köpfe der Passanten schnellen in die andere Richtung und plötzlich sieht sich der Direktor von allen Seiten angestarrt.

Es wäre gelogen zu behaupten, dass er sich in dieser Situation besonders wohl fühlt. Freunde zu haben, ist die eine Sache. Aber hier dürfte die Freundschaft doch deutlich einseitig sein. Er zieht sich schnell wieder in sein Gerichtsgebäude zurück und verzichtet heute auf weitere Rundgänge in der Stadt. Und er schwört sich, dass er künftig erst die Umgebung näher in Augenschein nehmen wird, ehe er sich Äpfeln und Birnen widmet.

Die „Waldhöhenweger", Teil 5

Der Waldhöhenweg ist eine ruhige und friedliche Straße. Die Bewohner lieben und schätzen dieses Idyll. Dies gilt für die zweibeinigen ebenso wie für die vierbeinigen. Auch damit kann der Waldhöhenweg dienen, reichlich sogar. Was sich hinter den vier Wänden eines jeden Hauses an Kaninchen, Meerschweinchen, Vögeln oder Leguanen – ja, auch das gab es zumindest – verbirgt, ist schwer abzuschätzen. Ab und zu dringt aber doch das Zwitschern eines im Käfig gehaltenen Vogels nach draußen und sucht die Unterhaltung mit einem frei herumfliegenden Artgenossen. Auch kleinere Ställe werden hin und wieder in den Gärten gesichtet mit putzigen kleinen Tierchen; Spielkameraden für die Kinder, die zunehmend den Waldhöhenweg bevölkern.

Die Mehrzahl der vierbeinigen Mitbewohner besteht, wie sollte es auch anders sein, aus Hunden und Katzen. Bereits in einem der ersten Reihenhäuser lebt seit Kurzem ein ausgewachsener Schäferhund. Joana Weber hat diesen für sich und ihre Kinder angeschafft, als ihr Mann das Haus Hals über Kopf verließ. Anders als ihren Mann, nimmt sie den Hund an die Leine, wenn sie mit ihm aus dem Haus geht. Das kommt allerdings nur selten vor. Die weitaus meiste Zeit muss sich das stattliche Tier mit den vier Wänden, dem kleinen Garten oder aber dem Balkon begnügen. Insoweit teilt er das Los mit Seppl und Linda, zwei kleinen Staubwedeln, die auf der anderen Straßenseite zu Hause sind. Greta Kasulke und ihre Adoptivtochter Annika haben die Mischlingshunde zu sich geholt, aus welchem Grund auch immer. Denn viel Freiraum haben auch diese beiden Tiere nicht. Einmal am Morgen und einmal am Abend werden die kleinen Hüpfer an der Leine durch den Waldhöhenweg geführt. Danach verschwinden sie wieder in ihrem verrammelten und abgedunkelten Haus. Greta Kasulke ist seit vielen Jahren nur einige Stunden am Tag in einer Arztpraxis tätig. Ansonsten hat sie sich nach dem Tode ihrer Mutter weitgehend von allem Leben außerhalb ihres Hauses zurückgezogen und eingeigelt. Ihre Adoptivtochter, die vor kurzem die Schule abgeschlossen hat und auf eine Lehrstelle wartet, muss dieses Los teilen. Nicht immer freiwillig , so scheint es. Denn ab und zu hört man Mutter und Tochter sehr impulsiv miteinander streiten. Besuch sieht man in diesem Haus nie und auch Annika scheint keine Freunde zu haben oder zu haben dürfen.

Reinhold Michaelis und seine Frau besitzen einen kleinen Westie namens Xantos, ein weißes Monster mit großem Freiheitsdrang. Wann immer es die Möglichkeit hat, huscht der Wollknäuel nach draußen und läuft laut kläffend vor Freude durch die Straße. Von ganz anderer Natur ist Marie, die bei Angelika und Henry Werner im Nachbarhaus wohnt. Sie ähnelt zwar Xantos aufs Haar, und das wörtlich genommen. Anders als dieser ist sie aber eher ängstlich und betrachtet die Welt mit Vorliebe aus einem sicheren Versteck heraus, sei es , dass sie sich ein solches im Garten sucht oder entsprechend geschützte Stellen innerhalb des Hauses. Manchmal steht sie auch auf dem Balkon und schaut auf das Haus gegenüber. Hier wohnt Lara. Wie schon geschildert, die Hauskatze der Familie Samoht . Ein sehr eigenwilliges Tier, aber das gehört ja wohl zum Charakter einer jeden Katze. Auch sie hat ihre ausgewiesenen Verstecke im Garten, von denen aus sie unbemerkt alles beobachten kann, was sich auf dem Waldhöhenweg abspielt. Es sei denn, sie ist gerade unterwegs und schreitet ihr Revier ab. Alleine oder mit Kasi.

Kasi ist ihr Sohn, doppelt so groß und wahrscheinlich dreimal so schwer wie sie und genauso grau meliert, aber ausgesprochen folgsam und kein Freund todesmutiger Unternehmungen. Er hat seine Heimat im Nachbarhaus der Samohts gefunden, hat mit Lara also weiterhin ständigen Kontakt. Ein lieber Sohn, der auch als ausgewachsener Kater seiner Mutter brav und klaglos hinterhertrottet, und selbst vor dem Futternapf gewährt er ihr Vorrang. Ungewöhnlich für einen Kater, dessen Lebenszweck im Fressen zu bestehen scheint. Ungewöhnlich ist auch, dass Lara und Kasi einen ausgewiesenen Spaß daran haben, allabendlich einen Spaziergang zu unternehmen. Aber nicht etwa alleine. Mit Horst Samoht gemeinsam, darauf legen sie wert. Zu dritt gehen sie dann durch den Waldhöhenweg. Horst Samoht vorne weg, die beiden Katzen hinterher. Oder umgekehrt. Übrigens sehr zur Belustigung der übrigen Waldhöhenweger. Beiden Katzen, so unterschiedlich sie auch sein mögen, ist eines gemeinsam die Abneigung gegenüber Lola. Dabei ist auch Lola eine wunderschöne Katze mit Garfield – Pelz. Übrigens, auch genauso frech wie diese Comic-Figur. Sie wohnt bei Engels in einem großen, alleinstehenden Haus neben dem Endreihenhaus der Werners. Ihr Lieblingsplatz, wenn sie nicht gerade unter dem Auto von Reinhold Michaelis liegt – dem Marderabwehrschutz zum Trotz – ist ein Stromverteilerkasten am Straßenrand, von dem aus sie das Grundstück der Samohts beobachten kann, von dort aber ebenfalls hervorragend gesehen werden kann. So haben die Katzen sich gegenseitig im Blick und können auf jede Grenzverletzung sofort reagieren.

Etwas zurückversetzt steht das Haus der Beckers, das Reich von Bella und Karlimann. Bella ist eine schon betagte

Golden- Retrieverhündin, die sich nur noch schwerfällig durch den großen Garten bewegen kann. Sie lässt es ruhig angehen, wie ihre Menscheneltern übrigens auch. Sie liebt es, auf ihrer Decke zu liegen und die Welt zu betrachten. Das Futter wird ohnehin gebracht. Dann kommt auch Karlimann, ein grauer, sehr schmusiger Kater zu ihr und schmiegt sich an sie. Ein Herz und eine Seele. Beide teilen sich den großen Garten. Das ist ihr Refugium. Die anderen Tiere des Waldhöhenweges brauchen sie dazu nicht.

Davon aber gibt es noch einige. Weiter oben, in der dritten Reihe der Reihenhäuser lebt Bruno Krätzig, ein im Ruhestand befindlicher Eisenbahner mit seiner Frau und den Rauhhaardackeln Tina und Lisa. Kinder oder Enkelkinder haben die Krätzigs nicht. Bei ihnen dreht sich alles um ihre beiden Kläffer, was diese im wahrsten Sinne des Wortes auch sind. Insbesondere dann, wenn sie merken, dass eine der Katzen durch den Garten streicht, sind die Hunde nicht mehr zu bremsen. Das sind dann auch die Momente, bei denen es mit der Ruhe im Waldhöhenweg vorbei ist, zumal Herr Krätzig in diesen Fällen seine beiden vierbeinigen Hausgenossinnen sehr lautstark zur Ruhe zu ermahnen pflegt.

Drei Häuser weiter lebt die Familie Sindlinger. Hier ist die Heimat von zwei Pudeln und zwei Katzen- in trauter Eintracht miteinander verbunden. Während die Hunde mehrfach am Tag mit Frauchen oder Herrchen die Runde machen, sind die Katzen reine Stubentiger. Sie können das Leben und Treiben im Waldhöhenweg nur vom Fenster aus betrachten, was ihnen offensichtlich jedoch nichts ausmacht.

Das sind sie also, die Tiere des Waldhöhenweges. Ach ja, nicht zu vergessen: am Eingang des Waldhöhenweges thront Thorax, ein nicht zu klein geratener Rottweiler. Wenn er nicht gerade dabei ist, die Katzen des Waldhöhenweges in ihre Schranken zu weisen, dann bewacht und behütet er die Straße.

Nicht immer erfolgreich, wie sich zeigen wird.

Was sich sonst noch so an Vierbeinern durch Häuser und Gärten bewegt, lässt sich schwer feststellen. Es ist jedoch unübderseh - und hörbar, dass wegen der Nähe zum Wald der eine oder andere dortige Bewohner schon mal einen Ausflug in diese bewohnte Gegend unternimmt. Igel, Eichhörnchen, Marder und Füchse, Blindschleichen und Ringelnattern sind häufige Gäste, gelegentlich auch mal ein Wildschwein oder ein Reh.

Aber nicht heute. Heute langweilen sich Lara und Kasi. Es ist nichts los. Die ganze Zeit auf dem Baumstamm oder dem Garagendach zu sitzen und zu wachen, ob Lola einen Grenzverstoß begeht, bringt auch nichts. Was also machen? Die beiden Katzen beratschlagen – und sie unterscheiden sich dabei in nichts von Menschen. Langeweile bekämpft man vorzugsweise damit, dass man irgendetwas unternimmt. Am besten , irgendeinen Unsinn. Aber so, dass Lola davon nichts mitbekommt, sie würde nur stören.

In einem großen Bogen schleichen die beiden auf die andere Straßenseite zum Haus der Familie Werner, während Lola auf ihrem Verteilerkasten liegt und von alledem nichts mitbekommt. In geduckter Haltung – Kasis Bauch dient dabei als Kehrmaschine - geht es durch den Vorgarten und die Stufen hinab in den hinteren Teil des Gartens. Zielsicher-man kennt sich ja aus – erreichen sie die Terrasse. Von dort aus hat man durch die Terrassentür hindurch einen schönen Blick ins Wohnzimmer der Familie Werner. Hier hält sich gewöhnlich, während das Ehepaar zur Arbeit ist, die Hüterin des Hauses, die ängstliche Marie auf. So auch jetzt. Sie liegt in ihrem Hundekörbchen und bekommt nicht mit, dass vier Katzenaugen auf sie gerichtet sind. Dann muss man sich halt bemerkbar machen. Beide Katzen grinsen sich an. Naja, ich lass einmal dahinstehen, ob sie das wirklich machen. Eines aber machen sie, und das in bemerkenswerter Zusammenarbeit: sie pochen mit ihren Köpfen rhythmisch gegen die große Glasscheibe. Und zwar so lange, bis der Hund in seinem Korb das nicht mehr überhören kann. Dessen

162

Reaktion entspricht genau dem, was die beiden Eindringlinge sich erhofft und gewünscht haben. Marie springt auf, kläfft, läuft im Zimmer hin und her, dreht sich mehrfach um die eigene Achse und ist außer sich vor Wut. Prima, sagen sich die beiden Katzen, ein schöner Spaß am Nachmittag. Sie schauen noch ein Weilchen der aufgeregt kläffenden Hündin zu, ehe sie genauso geräuschlos, wie sie gekommen sind, wieder den Heimweg antreten. Lola hat von alledem nichts mitbekommen, döst weiter gelangweilt auf ihrem Stromkasten.

Nach getaner Arbeit gönnen sich Kasi und Lara einen Imbiss am heimischen Fressnapf und klopfen sich gegenseitig auf die Schulter ob des gelungenen Spaßes. Ja, so sind sie, die Bewohner des Waldhöhenweges. Die vierbeinigen ebenso, wie die zweibeinigen. Wie gesagt, der Waldhöhenweg ist eine friedliche und ruhige Straße. Alle Bewohner leben in Eintracht miteinander. Fast alle jedenfalls.

Ein fataler Irrtum

Man kann nicht behaupten, dass Rico Brestrich ein Hüne von Gestalt wäre. Aber kräftig ist er schon. Hin und wieder bekommt das auch seine Frau zu spüren. Dann läuft sie mit einem blauen Auge durch die Gegend oder präsentiert sich mit anderen Verletzungen und die Nachbarschaft weiß: Aha, Rico ist mal wieder ausgerastet. Marion Brestrich nimmt das gelassen hin. Sie kennt die Wutausbrüche ihres Mannes. Er wird sich schon wieder beruhigen.

Wenn Rico Brestrich mal nicht seine Frau verprügelt, geht er seiner Profession als Kunst- und Antiquitätenhändler nach. Seit einiger Zeit jedenfalls. Er ist von Natur aus sehr umtriebig und hat sich schon auf vielen beruflichen Feldern versucht. Dabei hat sich regelmäßig gezeigt, dass er große Schwierigkeiten hat, mit Anordnungen und Befehlen zurechtzukommen oder überhaupt nur das zu tun, was andere von ihm wollen.

In seiner Zeit als Maurer hat er zum Beispiel zweimal seinen Polier verprügelt, als dieser ihm Instruktionen geben wollte. Deshalb war sein Gastspiel in diesem Berufszweig nur von kurzer Dauer. Wenig anders verlief sein Abstecher als Kurierfahrer oder Ordnungskraft. Hier fiel er durch seine Unpünktlichkeit und Eigenmächtigkeit auf. Entweder er erschien unentschuldigt gar nicht zur Arbeit, oder aber er versah seine Dienste derart eindrucksvoll, dass sich die Klagen und Beschwerden über ihn bei seinen Arbeitgebern häuften. Als er zum Beispiel als Türsteher eines Lokals dafür sorgen sollte, dass keine Minderjährigen Zutritt zum Gastraum erhalten sollten, führte dies zu einer totalen Leere des

Etablissements. Er ließ schlichtweg niemanden rein. Dem Betreiber des Lokals hat das gar nicht gefallen.

Rico Brestrich versuchte daher, auf eigenen Beinen klarzukommen. Was bietet sich in solchen Fällen an? Ein eigener kleiner Imbiss. Das hatte den Vorteil, dass seine Frau ihm unter die Arme greifen konnte, wenn sie nicht gerade körperlich eingeschränkt war. Anfangs ging er auch mit Elan zur Sache. Seine Fritten und Currywürste fanden reißenden Absatz, insbesondere bei Jugendlichen, die auf dem Heimweg von der Schule an seinem Imbiss vorbeikamen. Irgendwann jedoch spürte er, dass das Rumwerkeln mit heißem Fett nicht sein Metier ist. Er schloss seinen Laden, verprügelte seine Frau aus Frust und suchte sich ein neues Betätigungsfeld. Auf diese Weise landete er schließlich beim Kunst- und Antiquitätenhandel. Völlig unbeleckt zwar. Aber es gibt ja Bücher und anderes Informationsmaterial.

Der Berufswechsel war für ihn mit einem weiteren Vorteil verbunden. In einer Seitenstraße von Mittelstadt besitzt er nämlich ein altes Haus, das seit Jahren leer stand. Nein, ich muss mich berichtigen. Es war unbewohnt, nicht leer. Ganz im Gegenteil, es war praktisch bis zur Dachkante gefüllt mit alten Möbeln und sonstigem Gerümpel. Eine gute Basis für die neue Lebensgrundlage. Ein bisschen Farbe an die Wände, ein bisschen Ordnung bringen in den Sperrmüll, ein paar Vitrinen anschaffen und ein großes Schild anbringen an die Eingangstür. Fertig. „Rico Brestrich. Kunst- und Antiquitätenhandel" – das hat in Mittelstadt noch gefehlt.

Der Laden läuft. Reichtümer kann Rico Brestrich in seinem neuen Beruf zwar nicht anhäufen. Er hat aber praktisch auch keine größeren Ausgaben. Nachschub für sein Geschäft bezieht er in erster Linie durch Haushaltsauflösungen. Das kostet ihn nichts. Ganz im Gegenteil, er erzielt auf diese Weise noch ein kleines Zubrot. Nur ab und zu, wenn sich in den abzuholenden Sachen auch werthaltige Dinge befinden, muss er auch mal in die eigene Tasche greifen und etwas Geld opfern. Aber er kann ja verhandeln, darin macht ihm so schnell niemand etwas vor. Und so halten sich seine Unkosten in Grenzen.

Auch heute steht früh steht eine Räumung an. Rico Brestrich verspricht sich ein gutes Geschäft, zumal die zu räumende Wohnung im Nobelviertel von Mittelstadt gelegen ist. Eine alte Dame, die Mutter des Hauseigentümers, ist kürzlich verstorben. Nun soll ihre Wohnung anderen Zwecken dienen und daher aufgelöst werden. Rico Brestrich reibt sich die Hände, als er sich auf den Weg macht. Er hat seinen 17jährigen Sohn Sohn dabei. Er braucht zwei starke Hände. Schule hin oder her. Das Geschäft geht vor.

Der Antiquitätenhändler hat sich nicht zu viel versprochen. Die Wohnung strotzt vor alten Möbeln. Alles teure Stücke, die sich gut verkaufen lassen werden, erkennt er sofort mit seinem fachmännischen Blick. Möbel, Porzellan, auch Schmuck wird ihm angeboten. Alles vom Feinsten. Einen Haken hat die Sache allerdings – verschenken will der Erbe die Gegenstände nicht. Allein für die Sitzgruppe, Unikate von Le Corbusier, soll Rico Brestrich einen stolzen Preis zahlen. Zwei goldene Ringe, ein Perlen- sowie ein Goldcollier gehören auch zum Angebot. Von Le Corbusier hat der angebliche Fachmann zwar noch nie etwas gehört, lässt sich das aber nicht anmerken. Er nickt bewundernd, behält sich insgeheim aber vor, die Sache prüfen zu wollen. Den Schmuck hingegen schätzt er sofort als ausgesprochen wertvoll ein. Ausgesucht edle Perlen, massive Goldklunker. Vor ihm liegt ein Vermögen, auf das er nicht so einfach verzichten möchte. Aber das Geld hat er nicht. So bittet er den Verkäufer um etwas Geduld. Er möchte das Angebot überprüfen und seine finanziellen Mittel abklären. Dem Erben ist es recht. Nur allzu lange dürfe das nicht dauern, dann würden die Sachen anderweitig angeboten werden.

Rico Brestrich und sein Sohn transportieren die weniger wertvollen Stücke ab. Hierüber hat man sich schnell verständigen können. Zu Hause angekommen, macht der Antiquitätenhändler sich erst einmal kundig darüber, wer dieser Le Corbusier eigentlich gewesen ist. Außerdem eruiert er den aktuellen Goldpreis und kommt zum Ergebnis, dass das erhaltene Angebot objektiv betrachtet ausgesprochen günstig ist. Bei einem Wiederverkauf werde er kräftig draufschlagen können. Dazu aber müsse er erst einmal im Besitze der Sachen sein. Bei seiner finanziellen Lage dürfte dies allerdings schwierig sein. Aber sei`s drum, Schwierigkeiten sind dazu da, behoben zu werden. Und so besorgt er sich Geld. Viel Geld. Es wird ja zurückgezahlt werden. Schon bald und mit Zinsen.

Rico Brestrich ist froh und auch ein bisschen stolz darüber, so ein gutes Geschäft gemacht zu haben. Und er beginnt, die Werbetrommel zu rühren. „Einzigartige Designermöbel" bietet er an und „wertvollen Goldschmuck". Auch als Wertanlage hervorragend geeignet. In Gedanken reibt er sich schon die Hände, da er den Verkaufspreis verdoppelt hat. Antiquitätenhändler zu sein ist ein schöner Beruf.

Die Tage vergehen. Hin und wieder erscheint in seinem Laden ein Interessent, angelockt durch seine Werbekampagne. Der schaut sich dann die Möbel an, die Schmuckstücke, hört die Anpreisungen des Händlers, und verlässt dann dankend wieder das Geschäftslokal. War die ganze Investition vielleicht doch nicht so gut? Rico Brestrich beginnt, an seinem Händlertalent zu zweifeln. Aber dann kommt er doch, der potente Käufer. Er suche eine sichere Wertanlage, erklärt er dem frohlockenden Fachmann. Und der preist seine Waren an in höchsten Tönen:

Massives Goldgeschmeide, echte Perlen, Designermöbel von Le Corbusier, die einzigartig sind. Jedes Museum würde sich darum reißen. Der Interessent hört aufmerksam zu, wägt ab und versucht dann, den Preis noch ein wenig nach unten zu drücken. Der Antiquitätenhändler windet sich, gibt letztlich aber doch nach. Er macht trotzdem einen beachtlichen Gewinn. So kommt man ins Geschäft. Gut gelaufen. Rico Brestrich ist zufrieden. Mehr als das.

Ein paar Tage später erlebt unser tüchtiger Geschäftsmann seinen zahlungskräftigen Kunden erneut. Allerdings auf andere Art und Weise. Wutschnaubend stürzt dieser in Ricos Laden. „Betrug", ruft er mit hochrotem Kopf und fuchtelt mit den Armen in der Luft herum, „Designermöbel von Le Corbusier. Alles Quatsch. Massenware von Ikea. Und der Goldschmuck. Zink mit etwas Blattgold. Die Perlen? Künstlich gefertigt. Sie können ihren Ramsch zurückhaben. Ich will mein Geld zurück!"

Abgesehen davon, dass von dem Geld nicht mehr viel übrig ist – Rico Brestrich hat hiervon zunächst seine Gläubiger bedienen und Schulden abtragen müssen – findet er das Ansinnen seines Kunden wenig akzeptabel. „ Gekauft ist gekauft", erklärt er abweisend und verweist auf ein kleines Schild in der Ecke des Geschäfts. „Dort steht es. Schwarz auf Weiß: Die gekaufte Ware ist vom Umtausch ausgeschlossen. Basta". Die Worte des Verkäufers sind nicht geeignet, den Zorn des Kunden zu beseitigen. „Wenn sie mir so kommen", brüllt dieser, „dann sehen wir uns eben vor Gericht wieder!"

Der Mann hält Wort. Es dauert nicht sehr lange, dann flattert unserem wackeren Antiquitätenhändler eine Zahlungsklage ins Haus. Nicht genug damit. Auch strafrechtlich soll er sich wegen Betruges verantworten. Als Fachmann habe er schließlich gewusst, welchen Ramsch er verkauft.

Seit Kurzem prangt ein neues Schild in Rico Brestrichs Ladenscheibe: „Wegen Geschäftsaufgabe geschlossen".

Unerwartete Planungshürden

Hans Billig hatte Unrecht. Erneut tagt der Vorstand des „Mittelstädter Kultur- und Geschichtsvereins" in Günter Wolfson`s Lokal. Dieses Mal ohne Sören Seier. „Er hat hingeschmissen, einfach so", erklärt Bernd Meltzer der verdutzt dreinblickenden Runde, „Von wegen Souvenir und T-Shirt- Verkauf vom Stadtfest und so. Sörens Frau hat ihr Geschäft Hals über Kopf an eine Nachfolgerin verkauft und jetzt machen sie erst einmal Urlaub an der Ostsee".

Ist das das Ende des so hoffnungsvoll gestarteten Vereins? Waren alle bisherigen Anstrengungen umsonst? Nein, denn Hans Billig fährt unmittelbar fort, ohne seinen Kollegen Zeit zum Nachdenken zu geben: „Ich habe Wolfgang Pappig mitgebracht, der sich bereit erklärt hat, den Verein tatkräftig zu unterstützen, gegebenenfalls auch den Vorsitz zu übernehmen. Vorstellen brauche ich ihn ja wohl nicht."

Braucht er nicht, Wolfgang Pappig ist hinreichend bekannt. Wie bereits erwähnt, ebenfalls Stadtratsmitglied und Stellvertreter des Oberbürgermeisters. Als Versicherungsmakler ist er mindestens genauso beredt wie Sören Seier und neigt dazu – ebenso wie dieser – zu jeder passenden oder unpassenden Gelegenheit seinen Senf dazuzugeben. Allseits unbeliebt wegen des ständigen Herausstellens seiner eigenen Person, was aber niemand laut auszusprechen wagt. Man weiß ja nie, wie das von anderen aufgenommen würde. Immerhin ist er ja da, wenn man ihn braucht. Und Ideen hat er ja, das muss man ihm schon lassen. Aber ein eitler Pfau ist er auch, darüber sind sich alle Anwesenden einig.

Das wird auch jetzt wieder deutlich. Denn Wolfgang Pappig fühlt sich sogleich angesprochen, erhebt sich spontan nach den einleitenden Sätzen von Hans Billig, plustert sich auf und sülzt mit schmeichelnden Worten: „Liebe Mittelstädter, ja, ich habe von dem Dilemma erfahren, in dem der Verein steckt. Mir ist sehr daran gelegen, dass wir im nächsten Jahre ein würdiges Jubiläum feiern können. Und deshalb bin ich, unter Hintanstellung aller Bedenken und trotz des Umstandes, dass ein solches Amt mit viel Arbeit verbunden ist, bereit, die schwere Aufgabe des Vereinsvorsitzenden zu übernehmen. Natürlich nur, wenn ihr das wollt. In weiser Voraussicht und um keine Zeit zu verlieren habe ich schon einmal Erkundigungen eingeholt und dabei festgestellt, dass der

Verein zwar schon über ein halbes Jahr existiert, aber noch nicht rechtsfähig ist, weil niemand den Eintrag im Vereinsregister veranlasst hat. Auch ist eine Steuernummer noch nicht vergeben. Ich würde dies natürlich sofort in Angriff nehmen, wir wollen ja Künstler engagieren und wir müssen Verträge eingehen. Wie gesagt, die Zeit drängt."

Wolfgang Pappig setzt sich wieder. Die Runde blickt nicht nur verdutzt, sondern jetzt auch ziemlich ernüchtert drein. Hat denn niemand auf die Formalitäten geachtet. Man tagt nun schon seit Monaten und überlegt und plant. Soll das alles umsonst gewesen sein? Als erster findet Bruno Bader wieder Worte: „Wolfgang, selbstverständlich brauchen wir einen Vorsitzenden und selbstverständlich wären wir froh darüber, wenn du dich dafür zur Verfügung stellst. Es muss aber gesichert sein, dass alles jetzt richtig losgeht, unser Verein eingetragen wird und wir in die Einzelheiten der Organisation gehen können. Sonst können wir, sonst kann ganz Mittelstadt auf das Fest verzichten".

„Und auf eines wollen wir gar nicht verzichten", Daniel Lieberitz, der bisher geschwiegen hatte, meldet sich nun auch zu Wort: „ Ich habe mich schon so auf die Quizshow mit unseren, ach, so klugen Politikern gefreut. Das gehört unbedingt ins Programm. Und wenn nicht Sören Seier. Dann kannst du das doch moderieren, Wolfgang?"

Alle Anwesenden nicken zustimmend. Das ist das Zeichen, auf das Wolfgang Pappig gewartet hat. Er bedankt sich erst einmal überschwänglich für das Vertrauen, das man ihm entgegenbringt, ordert bei Günter Wolfson eine Runde und eröffnet dann den versammelten Vereinsmitgliedern seine

Vorstellungen. Lang und ausführlich. Als erstes weist er darauf hin, dass er sich – alles schon in weiser Voraussicht – intensiv mit Hermann Ferstl ausgetauscht habe. Übrigens ein Kunde von ihm. Der Schützenverein werde sich nicht mehr quer stellen sondern bereitwillig am Festumzug teilnehmen. Die Sache mit Sören Seier auf der Waldbühne sei unglücklich gelaufen. Man habe das damals nicht so ablehnend gemeint. Mit dem Sachbearbeiter beim Vereinsregister habe er auch schon gesprochen. Auch dort werde man sich bemühen und schnell eine Eintragung vornehmen, wenn denn alle Unterlagen vorliegen würden. Und eine Liste von allen Gewerbetreibenden der Stadt habe er ebenfalls erstellen lassen. Diese müssten im Einzelnen abgeklappert und aufgefordert werden, sich tatkräftig oder finanziell an dem großen Spektakel zu beteiligen. Aber das könne er natürlich nicht alleine unternehmen.

Heinz Billig, Bernd Meltzer, Bruno Bader und wie sie alle heißen, schauen sich erneut einigermaßen verdutzt an. „Nicht schlecht, Herr Specht", Joachim Flöter ist der erste, der auf die Ausführungen des neuen Vereinsvorsitzenden – daran gibt es nämlich keinerlei Zweifel mehr – reagiert. „Jetzt kommt wirklich Schwung in die Bude. Vielen Dank, Wolfgang. Und dann erst einmal … Prost".

Der Abend, der zunächst einmal so ernüchternd begonnen hatte, nimmt Form an. Irgendwie haben alle Versammelten das Gefühl, dass ein imaginärer Knoten geplatzt sei. Voller Eifer diskutieren sie miteinander, entwerfen Pläne, neue Ideen machen die Runde. Ein wenig ungehalten schaut Günter Wolfson auf die Uhr. Sollte der Abend wieder ausarten, wie das letzte Mal? Doch man beruhigt ihn. „Lieber Günter", meldet sich Leo Friedrich zu Wort, „ wir sind gleich fertig. Jetzt starten wir mit dem Verein voll durch. Wir verteilen nur noch die Aufgaben, die jeder von uns bis zum nächsten Mal erledigen soll. Und dann kannst du beruhigt deinen Laden schließen".

Eine letzte Runde. Man stößt an auf Wolfgang Pappig und auf den „Mittelstädter Kultur- und Geschichtsverein". Was soll jetzt noch schief gehen bei solch einer beschwingten Vereinsführung?

Der Blaubeerkuchen

Alle mögen Kuchen. Und in Mittelstadt ganz besonders gerne. Die Mittelstädter sind geradezu verrückt auf Kuchen. Und die Bäcker und Konditor der Stadt haben sich darauf eingestellt. Sie zaubern wunderbares Gebäck und schmackhafte Kuchen für ihre Kundschaft, die ihnen die Köstlichkeiten buchstäblich aus der Hand reißen.

So auch Gernot Walter, alteingesessener Bäcker und Konditor in Mittelstadt. Schon morgens um fünf Uhr steht er in der Backstube, knetet den Teig, formt die Brötchen und gibt seinen Mitarbeitern entsprechende Anweisungen, damit die Kundschaft höchst entzückt zu späterer Zeit die Ware erwerben und genussvoll verspeisen kann. Jetzt ist Blaubeerzeit. Und Gernots Blaubeerkuchen ist schlichtweg phänomenal. Und verspricht reißenden Absatz. Auch Emilia Gierig ist verzaubert vom Anblick des schmackhaften konditorischen Produkts.

Emilia Gierig ist quasi Neu- Mittelstädterin. Eine energische Person, eine Power- Frau, die hier in der Provinz ihre Erfüllung zu finden sucht. Sie stammt eigentlich aus einer süddeutschen Metropole. Dort leben auch und weiterhin ihr bodenständiger Mann und ihre vier Kinder. Naja, das fünfte Kind – es könnte eigentlich schon ihr Enkelkind sein, ist in Mittelstadt geboren. Und der Vater ihrer vier erstgeborenen Kinder ist nicht der Vater ihres Nachkömmlings. Aber wen stört das schon? Entscheidend ist doch, dass Emilia Gierig potent ist. Also potent, was den finanziellen Bereich betrifft. Sie hat mehrere Häuser angekauft und zu Mietwohnungen umfunktioniert. Sie hat ihre Hände ausgestreckt und nach

Verbündeten gesucht, die gleich ihr in Immobilien investieren wollten. Und ist fündig geworden. Der Vater ihres fünften Kindes ist ein solcher, ihr wesensverwandter Investor. Mit ihm zusammen schafft sie Wohnraum in Mittelstadt. Nicht unbedingt zur Freude der Alteingesessenen.

Aber egal. Emilia Gierig ist gierig – und zwar nach Blaubeerkuchen. Und kauft in Erwartung eines kulinarischen Genusses ein Stück desselben bei Gernot Walter.

Nur wenige Augenblicke nach dem Erwerb des Kuchens stürmt die temperamentvolle Frau wutschnaubend und röchelnd – sie ist Asthmatikerin – erneut in die Bäckerei und knallt das gekaufte Stück Blaubeerkuchen auf die Ladentheke. „Ich möchte ein neues Stück", ruft sie so laut, dass die verdutzen, im Laden befindlichen Kunden unwillkürlich den Kopf zu ihr drehen. „Das ist kein Blaubeerkuchen, das ist eine Krankheit. Ich will Ersatz!" „Aber warum denn ? Der Kuchen ist doch völlig in Ordnung", versucht die Verkäuferin beschwichtigend auf Emilia Gierig einzuwirken, erreicht aber nur, dass ein neues Gewitter losbricht: „Schauen sie doch selbst. Der Boden des Kuchens ist ganz blau, völlig durchfeuchtet. Das soll in Ordnung sein? Das ist Pfusch. Ich will ein ordentliches Stück Kuchen. Oder mein Geld zurück !" Die Verkäuferin zuckt mit den Schultern, verschwindet kurz im hinteren Raum und kehrt mit Gernot Walter zurück. Er lässt sich den Sachverhalt schildern und erwidert dann: „Liebe, sehr verehrte Frau. Der Kuchen ist völlig in Ordnung. Sie haben ihn gekauft und deshalb kann ich ihn nicht umtauschen. Sie haben das Stück ja auch inzwischen völlig zermanscht. Und Geld zurückgeben? Das geht leider auch nicht. Ihre Aufregung ist völlig grundlos." Auch diese Worte sind nicht geeignet, Emilia zu beruhigen. Empört dreht sie sich um, ruft dem Bäcker noch zu: "Dann eben nicht. Sie werden schon sehen, was sie von ihrer Sturheit haben!" und rauscht aus dem Geschäft. Gernot Walter, seine Verkäuferin, die übrige Kundschaft – alle sind sprachlos und schauen der Davoneilenden ungläubig hinterher. Das Stück Blaubeerkuchen, besser gesagt, das, was davon noch übriggeblieben ist, bleibt auf dem Tresen liegen.

In der Tat, Emilia Gierig macht ihre Drohung wahr. Ein paar Tage später flattert dem wackeren Bäcker eine Klagschrift durch das Gericht ins Haus. Klägerin: Emilia Gierig. Beklagter: Gernot Walter. Klaggegenstand : Schadenersatz wegen des Verkaufs eines Stücks mangelhaften Blaubeerkuchens. Streitwert: 2.20 Euro. Frage : Ob Verteidigungsbereitschaft bestehe oder ob die Forderung anerkannt werden soll. „Das gibt es doch nicht!" Jetzt ist Gernot sauer. So richtig stinksauer. Und jetzt stürmt er aus dem Laden, in voller Montur mit weißer Bäckermütze und Schürze, und sucht einen Rechtsanwalt auf, der unweit der Bäckerei seine Kanzlei betreibt. Selbstverständlich werde er sich verteidigen. Hier geht es nicht ums Geld, hier geht es um seine Ehre. Viel mehr- um die Ehre einer ganzen Zunft.

Der Fall landet auf dem Tisch eines jungen Richters, der neu am Mittelstädter Amtsgericht ist. Der weiß nicht so recht, was er von der Sache halten soll und schildert den Sachverhalt seinen Kollegen während der regelmäßig stattfindenden Kaffeerunde. „Kennt jemand von ihnen diese Frau Gierig?", fragt er naiv in die Runde. Eine Antwort seiner Kollegen muss er nicht abwarten. An dem Grinsen in den Gesichtern der übrigen Richter erkennt er, dass Emilia Gierig offenbar keine

Unbekannte ist. Und er erfährt, dass sie wohl den Streit mit jedem sucht: ihren Mietern, den Bauhandwerkern, Händlern und Behörden. Und immer geht es recht munter zu bei Gericht, wenn sie auftaucht und ihre Position vertritt. „Na dann, viel Spaß in der Verhandlung. Da muss jeder Mal durch." Lachend verabschiedet die Richterrunde ihren jungen Kollegen.

Schließlich naht der Tag der Verhandlung. Die Klägerin ist persönlich erschienen, der Beklagte auch. Es geht ja um etwas, das kann man nicht einfach den Rechtsanwälten überlassen. Es wird hin- und her diskutiert. Gernot Walter lobt seinen Blaubeerkuchen über alle Maßen. Emilia Gierig bezichtigt ihn der Unfähigkeit. Die Anwälte versuchen, die Streitparteien zu besänftigen und der Richter präsentiert einen

Vergleichsvorschlag nach dem anderen und droht mit den Kosten, die die Einschaltung eines Sachverständigen verursachen würde. Schließlich bittet Gernot Walter um eine Unterbrechung der Verhandlung. Da die Aufnahmefähigkeit aller anwesenden ohnehin erschlafft ist, wird diese gewährt. Man versucht, ein wenig abzuschalten.

Bis auf den in seiner Berufsehre verletzten Beklagten. Dieser stürzt aus dem Gerichtssaal, läuft zu seinem Geschäft, stürmt in die Backstube und kommt nach geraumer Zeit zurück ins Gerichtsgebäude. Nicht alleine. In seiner Hand schwenkt er ein Kuchenblech. Mit Blaubeerkuchen. Die Verhandlung wird wieder aufgenommen. Der Bäcker bittet, nach vorne zum Richtertisch zu kommen. Dort breitet er einen Streifen Pergamentpapier aus, nimmt das Kuchenblech in die Hand und kippt das Blech auf das Pergamentpapier. Da liegt er, der Blaubeerkuchen. Gesicht nach unten, die bläulich-durchfeuchtete Rückseite nach oben. „So muss Blaubeerkuchen!" triumphiert er. Stille im Saal. Der Richter schaut auf Emilia Gierig, auf ihren Anwalt, auf den Kläger, auf dessen Anwalt- und wartet. Die Klägerin schaut auch. Erst auf den Kuchen, dann auf ihren Anwalt. Der wiederum schaut ihr intensiv in die Augen. Fragend. „Ja, wenn es denn so ist", die impulsive Klägerin ist auf einem mal recht kleinlaut, „Dann soll es so sein."

Emilia Gierig nimmt die Klage zurück. Die Kosten des Verfahrens werden ihr auferlegt, wobei allerdings Gernot Walter großmütig erklärt, dass er seine Anwaltskosten selbst trägt. Man schüttelt sich die Hand. Ende gut, alles gut.

Und der Blaubeerkuchen ? Der verbleibt auf dem Richtertisch. Aber nur so lange, bis die Parteien den Gerichtssaal verlassen haben. Dann nämlich tagt wieder einmal die Kaffeerunde der Richterschaft. Heute wird nicht nur Kaffee ausgeschenkt. Es gibt auch: Blaubeerkuchen.

Der Teufel Alkohol

Das Wetter kann trübsinnig machen. Obwohl der Kalender Hochsommer anzeigt, will sich der Wettergott nicht danach richten. Seit Tagen ist der Himmel grau verhangen. Mal regnet es, mal treibt der Wind die Wolken auseinander, so dass man für kurze Zeit den blauen Himmel nur erahnen kann, ehe es erneut von oben schüttet. Weiter östlich von Mittelstadt, dort, wo das Gelände ansteigt und die breite Bundesstraße in Serpentinen ins Gebirge führt, ist von Wolken gar nichts zu sehen. Man steckt in ihnen. Dichter Nebel breitet sich seit Tagen aus, lässt nur hin und wieder die Landschaft schemenhaft erscheinen. Ein Wetter, das Depressionen schaffen kann.

Gregor Rockstroh versieht seinen Dienst an seinem Außenposten. Er hat sich darauf eingerichtet, dass seine Karriere bei der Polizei schwindelnde Höhen nicht erreichen wird. Dafür verläuft sein Leben ruhiger als in der Stadt. Hier draußen passiert nichts. Früher, als auf der Bundesstraße noch tagtäglich Hunderte von Lastkraftwagen Richtung Grenze fuhren, als die Grenze noch EU- Außengrenze war, als man versuchte, illegale Dinge ins Land zu schmuggeln, da hatte man richtig zu tun. Da war die Polizei täglich gefragt, ob bei Verkehrsunfällen, Diebstählen, Überfällen. Da reichte es nicht aus, die Dienststelle mit nur einem Posten zu versehen. Ständige Präsenz der Staatsmacht war gefragt und wurde auch benötigt.

Diese Zeiten sind vorbei, seit die neue Autobahn fertiggestellt wurde. Der mühsame Weg über das Gebirge ist Geschichte, die Grenze ist offen. Nur ab und zu wird Gregor Rockstroh jetzt gerufen. Vielleicht zu einem Verkehrsunfall, der hin und wieder doch geschieht, zu einer Rangelei bei einer Veranstaltung oder wenn innerhalb einer Familie mal die Fetzen fliegen. Und wenn es doch einmal etwas schlimmer kommen sollte, dann ruft Gregor Rockstroh seine Kollegen aus Mittelstadt zu Hilfe. Wenn nicht noch das Damoklesschwert des schwebenden Disziplinarverfahrens über ihm kreisen würde, könnte er so etwas wie glücklich und zufrieden sein in seiner Rolle als „Dorfsheriff".

Bei diesem miesen Wetter spielt sich hier oben gar nichts ab, denkt Gregor Rockstroh für sich. Die Leute sitzen zu Hause vor dem Fernseher und trinken ihr Bierchen. Bald ist für ihn Feierabend. Es wird ein ruhiger werden. Denkt Gregor Rockstroh. Doch just in diesem Moment pocht es an die Tür seines Außenpostens, der sich direkt an der Bundesstraße befindet und gut ausgeschildert ist. Er öffnet die Tür – misslaunig – bloß keine Arbeit jetzt, geht es durch seinen Kopf. Doch sein Wunsch erfüllt sich nicht. Vor der Tür stehen ein paar aufgeregte Touristen. Er müsse sofort mitkommen, rufen sie ihm zu. Auf der Bundesstraße befinde sich ein Verrückter. Offenbar betrunken, aber gemeingefährlich. Er zwinge die Autos zum Anhalten, poche mit den Fäusten auf die Fahrzeuge, belästige die Insassen und schlage noch auf sie ein.

Klingt ärgerlich, denkt Gregor Rockstroh, und klingt nach Arbeit, nicht nach Feierabend. Er zieht sich seine Dienstjacke an, setzt die Mütze auf, ergreift sein Funkgerät- Dienstwaffe, man weiß ja nie -   und lässt sich zum Ort des Geschehens fahren. Er selbst darf ja nicht. Und dann sieht er, dass die Touristen Recht haben. Vor ihm im Nebel, mitten auf der breiten Bundesstraße, läuft eine Gestalt hin und her, gestikuliert, brüllt verworrene Sätze in die gespenstische Natur. Vorsichtig geht unser wackerer Hüter von Recht und Ordnung auf die Person zu – die Touristen, die ihn um Hilfe gebeten haben, halten sich zurück. Gregor Rockstroh sieht aus dem Nebel heraus die Lichter eines Autos auf die Person zukommen. Diese stellt sich unbeeindruckt mitten auf die Straße und breitet die Arme aus. Das Auto hält, die Person wankt auf das Fahrzeug zu, ruft etwas Unverständliches in den Nebel hinein und pocht dann mit den Fäusten auf die Kühlerhaube.

Das ist zu viel. Gregor Rockstroh stürmt nach vorn, ergreift den Randalierer, der sich allerdings heftig wehrt, und versucht, ihn irgendwie in den Griff zu bekommen. Er erkennt, wer es ist: Dieter Flachkötter, Bewohner seiner Gemeinde und Rechtsanwalt in Mittelstadt. Er versucht, auf ihn beschwichtigend einzuwirken. Vergeblich, der Mann des Rechts schlägt wild um sich, brüllt ihn mit unverständlichen Worten an, reißt sich los und stürmt auf die inzwischen versammelten Passanten zu, wild gestikulierend. Alle weichen zurück vor dieser animalischen Gewalt. Hilfe muss her. Gregor Rockstroh benachrichtigt über Funk sein Revier in Mittelstadt: der Rechtsanwalt Flachkötter ist ausgerastet, offenbar volltrunken, aber nicht zu beruhigen. Sofort wird ein Streifenwagen losgeschickt, um die Situation zu bereinigen.

Dieter Flachkötter, vor einigen Jahren als hoffnungsvoller junger Anwalt mit seiner Familie in die Region gezogen. Ein Häuschen hat er gekauft, im Gebirge, und eine Kanzlei eröffnet in Mittelstadt. Ein Gewinn für die Stadt, die mit brillanten Advokaten nicht gesegnet ist. Jung, schwungvoll, überaus beredt und agil. Das braucht die Region. Kein Wunder, dass sein Rat und seine anwaltliche Hilfe bald überaus begehrt waren. Auch die Stadt – insbesondere die Stadt- bediente sich seiner Hilfe, zumal die rechtliche Unterstützung aus der entfernten Landeshauptstadt in der Vergangenheit nicht zu den gewünschten Erfolgen in Rechtsangelegenheiten geführt hatte. Mit dem Wissen und dem Können des weltmännisch auftretenden Rechtsanwalts Dieter Flachkötter sollte alles anders werden.

In der Tat, es wurde einiges anders, nicht alles. So blieb es zwar dabei, dass die Mittelstädter Verwaltung weiterhin in den Rechtsstreitigkeiten, die der eloquente junge Anwalt nun für die Stadt führte, unterlegen war. Aber die Beratungshonorare veränderten sich deutlich – nach oben. Als man dies im Rathaus merkte, wechselte man zurück auf die altbekannten Rechtsverdreher. Und für Dieter Flachkötter brachen die Einnahmen weg. Nicht nur das. Seine Frau empfand es als wenig erquicklich, abgelegen in der Provinz ihr Leben fristen zu müssen ohne den erhofften und versprochenen Geldsegen. Sie schnappte sich die Kinder und die Sparbücher, verließ Mittelstadt und ließ sich scheiden.

Dieter Flachkötter blieb. Und es eröffnete sich für ihn bald eine neue Mandantschaft. Nicht unbedingt eine zahlungskräftige. Aber das machte ja nichts, es gibt ja die staatlich geförderte Prozesskostenhilfe. Bald vertrat er nur noch ein Publikum, das mehr oder weniger aus gestrandeten Personen bestand. Auf seine unwiderstehliche Art verstand er es, Mandanten an Land zu ziehen, die zwar selbst mittellos waren, für deren- zum Teil aussichtslose - Rechtsverteidigung der Staat aber Mittel zur Verfügung stellte. Mit anderen

Worten: Dieter Flachkötter lebte im Grunde genommen auf Kosten des Steuerzahlers. Und das nicht zu seinem Schaden.

Er heiratete erneut. Seine neue Frau gehörte zu dem eben geschilderten Klientel, brachte drei Kinder mit in die Ehe und genoss es, als Frau Rechtsanwältin in Mittelstadt angemessen tituliert zu werden. Sie führte sein Büro, erstellte die Honorarabrechnungen und zweigte bei jeder sich bietenden Gelegenheit auch mal etwas auf ihr Konto ab, unbemerkt vom eigentlich rechtlich geschulten Blick ihres Mannes. Aber der musste ja auch prügelnde Trunkenbolde vor dem Knast bewahren oder windigen Geschäftsleuten die Gläubiger vergraulen. Und irgendwann nahm dann seine Frau ihre Kinder, das gut gefüllte Sparbuch, packte die Wertsachen zusammen und verschwand.

Dieter Flachkötter blieb. Das Haus war belastet und musste abbezahlt werden. Geld für eine Sekretärin war nicht vorhanden. Er musste selbst den Bürokram erledigen. Einzige Hilfe war zunehmend die Flasche Wodka auf dem Schreibtisch. Das Gericht prüfte intensiver seine Abrechnungen und zögerte zunehmend bei der Frage, ob man einen Rechtsanwalt, der nicht die Fahne des Rechts sondern die Fahne des Alkohols in den Gerichtssaal führt, einem unwissenden Bürger auf Staatskosten als Beistand zuordnen soll.

Es reicht. Dieter Flachkötter versucht den Absprung. Nicht vom Alkohol, wohl aber von seiner Wirkungsstätte. Seit einiger Zeit hat er zwei Büroadressen im Briefkopf. Eine davon in einem anderen Bundesland.

So stellt sich die Situation dar, als der von Gregor Rockstroh herbeigerufene Streifenwagen eintrifft. Zu dritt gelingt es, den wild um sich schlagenden Rechtsanwalt zu bändigen. Er wird zur Revierwache nach Mittelstadt gebracht. Ein Protokoll wird aufgenommen. Die Ausnüchterung erfolgt in der dafür vorgesehenen reviereigenen Zelle.

Mit der ihm eigenen Eloquenz versteht es der Rechtsanwalt, die eigene Strafverhandlung auf einen Zeitpunkt zu verlegen, zu dem sich im Gericht kaum noch jemand aufhält und auch die Presse nicht mehr präsent ist. Er weiß, dass er nicht ungeschoren aus der Angelegenheit herauskommen wird. Und er weiß, dass er auch noch mit standesrechtlichen Problemen zu kämpfen hat. Äußerlich gelassen akzeptiert er seine Strafe. Innerlich schließt er das Kapitel Mittelstadt ab.

Das Haus ist verwaist und steht zum Verkauf. Sein derzeitiger Aufenthaltsort ist unbekannt. Auch unter der zweiten Anschrift in seinem Briefkopf ist er nicht zu erreichen. Mittelstadt ist um einen Rechtsanwalt ärmer geworden. Nach allem, was in Erfahrung zu bringen ist, hält sich die Trauer darüber in Grenzen.

Die „Waldhöhenweger", Teil 6

Man muss als Rentner nicht früh aufstehen. Man kann es ruhig angehen lassen. Man hat sich das verdient.

Wie aber soll man es ruhig im Bett aushalten, wenn plötzlich laut gehämmert und geklopft wird. Und das noch im eigenen Garten. An das zermürbende Gekläffe von Seppl und Linda nebenan hat sie sich inzwischen gewöhnt. Aber dieser Lärm- das geht zu weit. Lisa Nagel ist schlagartig wach. Eigentlich ist sie ohnehin eine Frühaufsteherin. Aber doch nicht so früh. Und überhaupt – was soll das Geklopfe?

Es braucht ein wenig Zeit, bis Lisa Nagel begreift, dass in ihrem Garten Handwerker rumwerkeln und dabei sind, die Trennwand zu Greta und Annika Kasulke zu entfernen. Energisch stoppt sie die Bauleute und fordert von ihnen eine Erklärung. Sie hätten nur den Auftrag, auf beiden Seiten des Kasulkeschen Grundstücks eine hohe Wand zu errichten. Alles andere ginge sie nichts an. So die Handwerker. Und munter basteln sie weiter. „Meine Wand bleibt stehen!" Lisa Nagel zeigt sich so bestimmt, dass die Bauleute verdutzt ihre Arbeit unterbrechen, sich kurz beratschlagen, einen Rückzieher machen um dann allerdings ihre Arbeit fortzusetzen: Greta Kasulkes Wand wird errichtet. Aber hinter der Abtrennung von Lisa Nagel.

Und auf der anderen Seite ? Hier spüren die Bauleute keinen Widerstand. Schwupps wird die Trennwand zum Grundstück der Eheleute Ehrlich, Haus Nr. 11, entfernt und durch Greta Kasulkes Wohnung nach vorne zum Transporter der Baufirma verbracht. Offenbar sind Ehrlichs nicht anwesend, also können sie auch nicht meckern. Aber Lisa Nagel kann meckern. Und wenn es sein muss, kann sie auch laut werden. So wie jetzt. Sie ruft nach Greta Kasulke, die mit einiger Zeitverzögerung zur Terrassentür geschlurft kommt. Lisa verlangt eine Erklärung. „Warum soll ich dir irgendetwas erklären, was ich mache?" Greta Kasulke wirkt nicht nur jetzt aphatisch. So ist sie immer. Nein, sie wirkt auch irgendwie beleidigt. Beleidigt darüber, dass sie sich ihrer Nachbarin gegenüber erklären soll. Und das auch noch am frühen Morgen. „Ich kann doch auf meinem Grundstück tun und lassen, was ich will. Ich habe keine Lust mehr, rechts und links von mir Nachbarn sehen zu müssen, wenn ich in meinem Garten bin. Außerdem müssen die Hunde geschützt werden, damit sie nicht weglaufen."

„Schön und gut", Lisa Nagels Ärger ist nach diesem Erklärungsversuch keineswegs verraucht. „Aber der Zaun gehört doch Ehrlichs. Sie haben ihn damals auf ihre Kosten errichten lassen. Und zwar mit ausdrücklicher Zustimmung von dir und deiner Mutter. Da kannst du ihn doch nicht einfach abreißen und entfernen lassen. In meinen Augen ist das Diebstahl." „Ich habe dir schon gesagt, dass ich auf meinem Grundstück tun und lassen kann, was ich will. Und der Zaun stand auf meinem Grundstück. Und jetzt lass mich zufrieden, ich habe zu tun", sagt Greta Kasulke und zieht sich unter dem Gebell ihrer mit je vier Beinen versehenen Wollknäuel ins Haus zurück. Draußen wird weiter geschraubt, gehämmert und montiert.

Hans und Elfriede Ehrlich treffen nach getätigtem Einkauf an ihrem Haus ein. Sie stutzen etwas, als sie in der Einfahrt des Nachbarhauses ein Baufahrzeug stehen sehen. Und sie stutzen noch etwas mehr, als sie das Haus betreten und die

Handwerker bemerken, die munter auf ihrer Terrasse vor sich hinwerkeln. Hans und Elfriede Ehrlich, beide bereits im Rentnerstand wie auch Lisa Nagel, sind freundliche und ruhige Zeitgenossen. Sie leben zurückgezogen, werden von ihrer Umgebung geschätzt und sind meistens gut drauf. Jetzt allerdings nicht, zumal keine Ankündigung erfolgt ist über das, was nun draußen geschieht. Was folgt ist eine heftige Auseinandersetzung zwischen ihnen und Greta Kasulke. Eine sehr heftige Auseinandersetzung, bei der beide Seiten auch in der Wortwahl nicht gerade zimperlich sind. Greta Kasulke kann dabei auf die lautstarke Unterstützung von Seppl und Linda zurückgreifen.

Die Bauhandwerker unterdessen werkeln munter weiter vor sich hin. Während sie Stück für Stück die neue, grüne, aus Kunststoffelementen bestehende Wand errichten, schauen Hans und Elfriede vom Wohnzimmer aus dem Treiben zu und beratschlagen, was man unternehmen könnte und sollte. So einfach hinnehmen wollen sie die Dreistigkeit ihrer Nachbarin nicht. Da sie rechtschutzversichert sind, entscheiden sie sich dafür, einen Rechtsanwalt aufzusuchen.

Die Seitenwände stehen. Greta Kasulke betrachtet stolz die ausgeführten Arbeiten. Ihr Garten, stolze sechs Meter in der breite und sechs Meter in der Länge, ist abgeschottet. Rechts und links der Terrasse steht die grüne Kunststoffwand. Beträchtliche zwei Meter hoch – mindestens. Nach hinten war eine solche Begrenzung nicht nötig. Dort stehen Bäume und verhindern eine Sicht auf ihr Refugium. Lediglich am Boden hat sie einen kleinen Maschendrahtzaun errichten lassen. Der Hunde wegen. Die Katzen des Waldhöhenweges liegen derweil unter den Büschen und lachen darüber. Für sie stellt diese Abtrennung kein Hindernis dar.

Lisa Nagel hat noch ihren Zaun. Wenigstens den. Dahinter türmt sich die grüne Wand. Vielleicht schluckt diese ja etwas das Kläffen der Hund und das Keifen von Greta und Annika, dann hätte sie ja wenigstens etwas Gutes, denkt sie für sich. Und Ehrlichs sind beim Rechtsanwalt.

Ach ja, ehe ich es vergesse. Da war noch etwas im Waldhöhenweg. Während bei Kasulkes die Wand errichtet wurde, die Arbeiter klopften und hämmerten, Lisa schimpfte und Hans und Elfriede Ehrlich sich mit Greta stritten, nutzten ein oder mehrere unliebsame Besucher die Gelegenheit und brachen die Eingangstür des gegenüberliegenden Hauses von Joana Weber auf. Sie fanden nichts in deren Wohnung. Was auch? Reichtümer besitzt sie nicht. Der entwendete Modeschmuck hatte einen Wert von vielleicht 3 Euro. Der angerichtete Schaden ist um ein Vielfaches höher.

Der Waldhöhenweg ist eine ruhige und beschauliche Straße. Hier wohnen liebenswerte und friedfertige Menschen, die sich gegenseitig schätzen. Manchmal. Ein idyllisches Stück von Mittelstadt, in dem nichts passiert. Fast nichts. Man darf nur manchmal nicht so genau hinschauen.

Und damit schließen wir den Vorhang. Für heute. Nur für heute.

Nachwort:

Nun, meine sehr geneigte Leserin, mein sehr geneigter Leser. Habe ich Ihnen zu viel versprochen? Haben Sie nicht doch an der einen oder anderen Stelle gestutzt und gemeint: „Das kommt mir irgendwie bekannt vor. "Natürlich, denn Mittelstadt ist überall. Es „menschelt" eben, auch draußen in der Provinz. Oder gerade dort. Weil man sich kennt, mit all seinen Stärken und Schwächen. Die kleinen Episoden sind im Grunde banal. Doch weil das so ist, wirkt alles so vertraut und bekannt. Mittelstadt könnte überall sein. Und das ist gut so. Denn es zeigt uns, wie sehr wir im Grunde verbunden sind mit unseren Nachbarn und unserer Umwelt. Es zeigt uns, dass wir eigentlich alle „Mittelstädter" sind.

Natürlich endet das Leben in Mittelstadt nicht mit dem Ende dieses Buches – es geht weiter. Es wird gestritten, gelebt und geliebt. Es wird weiter die 800- Jahr-Feier vorbereitet und der Oberbürgermeister muss sich auch weiterhin mit seinem Stadtrat rumschlagen. Die Züge kommen und fahren wieder ab, während das schöne Bahnhofsgebäude vor sich hinbröckelt. Die Waldbühne ist nahezu verwaist und hofft auf bessere Tage. Im Waldhöhenweg steht ein weiterer Umzug an und im Amtsgericht müssen Nachbarn besänftigt, Ehepaare geschieden und Übeltäter verurteilt werden.

Und die Mittelstädter selbst? Nun, sie genießen es, sich mittäglich am Marktplatz zu treffen und ein Schwätzchen zu halten. Oder aber sie treffen sich bei Günter Wolfson und erfahren dort das Neueste aus der Stadt. Sie werden sich ärgern und streiten. Wieder versöhnen, oder auch nicht. Aber dafür gibt es ja das Amtsgericht. Das Leben geht eben weiter in Mittelstadt. Und weil das so ist, werden sie, liebe Leserin und lieber Leser von dem Fortgang der Ereignisse in Mittelstadt unterrichtet werden. Wenn sie es möchten, natürlich. Ich kann ihnen versprechen: es gibt noch vieles zu berichten aus Mittelstadt.

Der Autor :

Joachim Thomas wurde 1950 in einem kleinen Ort in der Nähe Hannovers geboren. Im Jahre 1955 erfolgte der Umzug mit seiner Familie nach Hohegeiß/Harz. Hier verbrachte er seine Jugend und Grundschulzeit und besuchte bis zum Jahre 1962 auch die Mittelschule in Braunlage, ehe es die Familie wieder zurück nach Hannover verschlug. Dort ging er aufs Gymnasium und legte auch sein Abitur ab. Es folgten zwei Jahre Dienst beim Bundesgrenzschutz anstelle des Wehrdienstes. In Münster nahm er das Studium der Rechtswissenschaft auf, das er 1977 mit dem 1. Juristischen Staatsexamen abschloss. Die zweijährige Referendarzeit verbrachte er in Hamburg, wo er nach dem 2. Juristischen Staatsexamen als Amtsrichter zunächst beim Amtsgericht Hamburg, später beim Amtsgericht Hamburg-Harburg tätig war.

Nach der Wiedervereinigung verschlug es ihn in den Freistaat Sachsen. Von 1991 bis 1998 war er tätig als Referatsleiter im Sächsischen Staatsministerium der Justiz in Dresden. Anschließend leitete er als Direktor des Amtsgerichts bis zu seiner Pensionierung Ende 2015 das Amtsgericht in Dippoldiswalde (Sachsen). Es ist nicht zu verkennen, dass die fiktive Stadt Mittelstadt teilweise Parallelen aufweist zu dem kleinen Städtchen im Osterzgebirge. Aber nicht nur Dippoldiswalde, sondern auch die Orte in der Nähe seines Wohnsitzes Tharandt/ Kurort Hartha können einen gewissen Wiedererkennungsanspruch erheben. In der Idylle des Tharandter Waldes findet er hinreichend Muße und Zeit, sich seinen „Hobbys" widmen zu können: in erster Linie Malen und Schreiben. Hier lebt er zusammen mit seiner Frau Dagmar und der Hauskatze „Lara", wenn er nicht die Nähe zum Wasser sucht und sich am Zweitwohnsitz auf der schönen Insel Rügen aufhält.

Seine bisherigen Veröffentlichungen waren weitgehend fachbezogen, und bestanden aus verschiedenen Kommentierungen u.a. zum Sächsischen Nachbarrechtsgesetz und zum Sachenrechtsbereinigungsgesetz, eine zugegebenermaßen trockene Materie.

Mit seinem ältesten Sohn Henning hat er eine Sammlung von Kurzgeschichten mit Gedanken zwischen „Vater und Sohn" herausgegeben („Können Eichhörnchen schwimmen?"). Veröffentlicht ist auch ein Roman, der zeitgeschichtliche Episoden in einem anderen Licht betrachtet. Es geht dabei um fiktive Reisen in die Vergangenheit, um historische Ereignisse, die auch anders hätten geschehen können. Wäre die Geschichte dann anders verlaufen? („Zeitensprünge – oder das Böse, das nie geschah").

Bisher unveröffentlicht ist eine Sammlung von Kurzgeschichten, die den ganz normalen Lebensalltag aus Sicht der Hauskatze „Lara" beschreibt. Lara überlegt allerdings noch, ob sie die Freigabe zur Veröffentlichung erteilen kann. Selbige war übrigens auch am Entstehen des nachfolgenden Buches maßgeblich dadurch beteiligt, dass sie sich regelmäßig auf der Tastatur des Laptops breit gemacht hat, was die Fertigstellung nicht gerade beschleunigt hat.

Das Buch „Mit unterbeleuchteten Fußgängern ist zu rechnen" ist ein Sammelsurium von kuriosen Formulierungen, Berichten und Stilblüten aus Polizeiprotokollen, Verhandlungsniederschriften, Anwaltsschriftsätzen,

Beschlüssen und Urteilen, behördlichen Bescheiden oder einfach Beschwerdeschreiben genervter Mitbürger an Gerichte oder Behörden. Alles stammt aus Originalen, die der Verfasser im Laufe seines mehr als 40jährigen Berufslebens zusammengetragen hat.

Das hier vorliegende Buch greift dagegen nur in Ansätzen auf wahre Begebenheiten zurück. Zumeist sind die Geschichten verfremdet oder überspitzt. Sie könnten aber so geschehen sein. Für die handelnden Personen gilt das Gleiche: es wäre denkbar, dass es sie tatsächlich gibt. Allerdings kommt es darauf nicht an. Dem Verfasser war es wichtig, die ganz normalen Menschen darzustellen, Menschen wie „Du und ich". In der Hoffnung, dass dies gelungen ist :

Herzlichst Ihr

Joachim Thomas